畫符

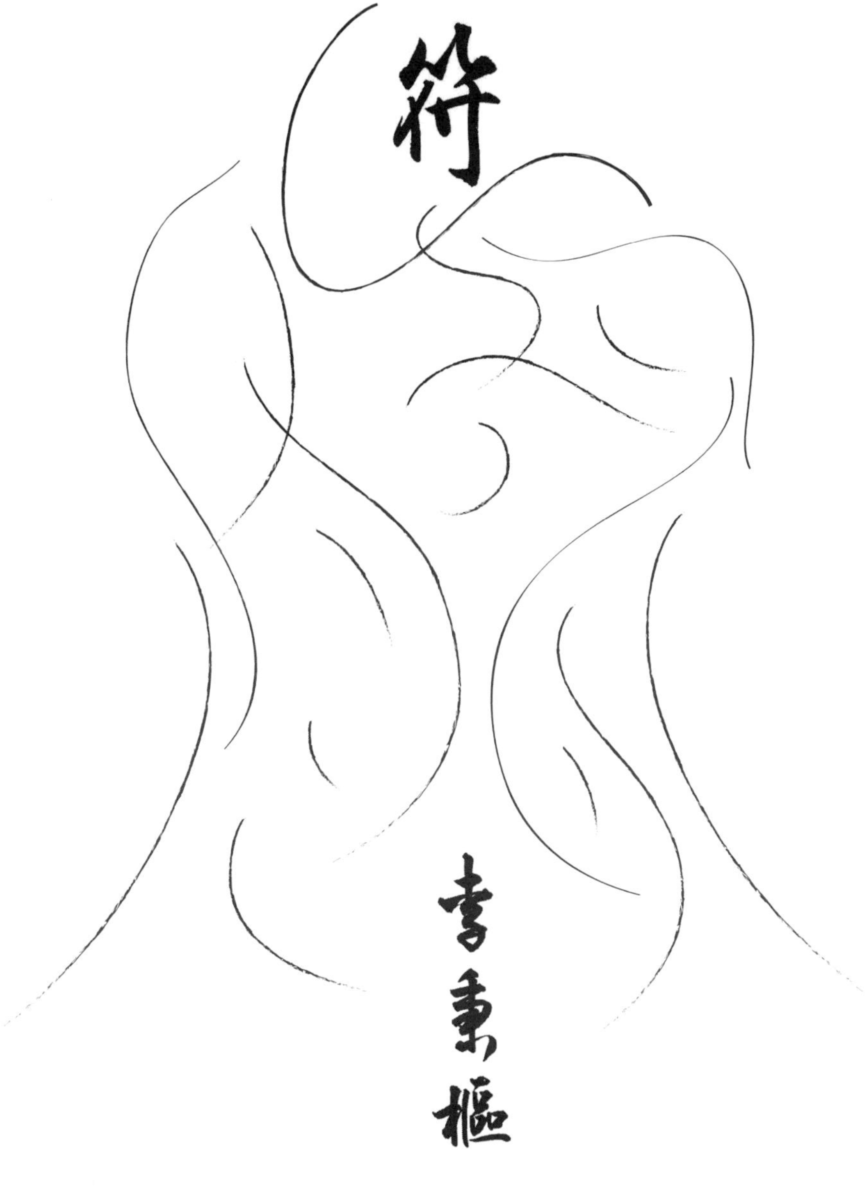

李秉樞

目次

推薦序

輯一、書字帖

輯二、符篆冊

輯三、文體簿

後記

飛在沙崙上的字

楊富閔

因為知道秉樞喜歡書法的緣故，好幾年前我在執行書店採訪計畫的時候，特地約他與我一起前往重慶南路的小書齋，希望他能適時給予一些意見。記得工作結束之後，只見他左手右手已拿了不少名家字帖要去結帳，而我無意之間發現了一種名為「水寫紙」的產品。我對書法一竅不通，秉樞告訴我說，它的功用主要拿來練筆習字，因為特殊設計原理，寫在上面的字，過一陣子它就會消失了。聽完當下簡直像是被雷劈到，幾乎不能置信，這是特技表演還是魔術秀呢？如果有一種字，它注定是會隨著時間消失：請問我們又為什麼要寫？若然，我們又該寫些什麼？我於是覺得李秉樞的第一本書《畫符》對於文字符號極其繁複的思考辯證，如同當夜我們身在筆墨紙硯之間的對話延伸，然而本書恐怕不單只是秉樞的練筆習字，他正在演繹一套關乎自身的符號學問，同時讓我們看到他的思考如何加深與加廣。

作為新人的第一本書，秉樞的作品固然不乏得獎之作，然而作者並非單純將之結集，而更有「成書」的企圖。整本作品於是顯得完整聚焦，這是相當珍貴的品質。其中開場的〈破體字〉可以說是總綰全書的關鍵作品，李秉樞對於文字符號的想法都可以從〈破體字〉找到美學與方法的根源。我們可以讀到：文字於他儼然正是肉身之借喻，然而肉身卻又難以抵擋時間的消弭，因此涉及「消失」此一主題的意外層出不窮：無論是沒有歸還的日記簿、史前遺骸一般的手機簡訊、意外墜落鐵軌的氣球符徵、看不見的雨絲、能將名字拭去的特製藥水。這些緊扣消失的事件，往往伴隨大量關於燒疼痛傷的記述。所以是在這個理路，我們才能見到李秉樞以「畫符」為全書定調的特殊用意，他對符咒的思考其實與他的寫作章法與身體認知，牢牢綁在一起。

這本書的分輯同樣出自作者：輯一的「書字帖」可以看到這位來自鹽分地帶的臺南少年，如何測量他與文學的距離，其中秉樞對書法、棋藝與凝神，不同媒材之間的跨界互涉，疊加替他擴充文學的視域。輯二「符篆冊」的視野拉回鄉岸，父祖輩的意象與文字符號緊緊繫連，這位來自臺南將軍的文藝少年，原來有著相當飽滿且扎實的精神沃土；輯三的「文體簿」則是多篇關於身體的書寫。李秉樞不停召喚生命的緊急狀態，卻是與他念茲在茲的畫符美學形成對峙——因當符咒失去效力，留下什麼顯然就是什麼。所以我對他在〈破體字〉寫到曾經有一根鉛筆芯，意外殘留在他的指腹，印象相當深刻，那斷截的鉛筆芯如同一個暗號，種在掌心，提示作者種種危機，可以全是轉機與契機。正如「帖」、「冊」、「簿」本身具備的實用功能，也替秉樞當前擇選的抒情寫作，打開一條未來得以探究的新路。

〈鄉岸〉這篇文章，秉樞提及從小出沒的圖書館，有個極富畫面感的名字叫做飛沙崙，這篇序文就以〈飛在沙崙上的字〉作為對他文字事業的冀許。南部海岸的飛沙走石多麼強勁，勇敢的少年記得不要摀住眼睛，你看防風林與防風林之間，有名來自漚汪的孩子已經奔跑成人，而風飛沙起的時候，常常就是一篇文章落成的時候。

推薦序

字的內痛論

楊婕

倘若詢問創作者，究竟喜愛文字多一些、還是怨憎文字多一些，恐怕少有人能給出篤定的回答——尤其是寫散文的人。要寫，就必須直面那避不開的難題：用文字揭露生命的私隱，是為藝術獻祭，還是假藝術之名，行暴力之實？

二〇二〇年無疑是散文的繁盛年。盛夏初至，我們已迎來數本重量級佳作。然而，散文的魅力也正是它的困境所在：以真實經驗為基礎，究竟還能，支撐我們以什麼樣的倫理姿態，抵達何處呢？

在第一本散文集《畫符》中，秉樞別開新意，談「字」——不是親情、愛情、友情，認同、創傷、童年，而是「字」。是的，太初有字，在我們懂得講述故事，憑空造出大漠、煙雲與宮殿之前，都是先一筆一畫學會認字的。

而每個寫作者的習字史，大抵又比別人早了一些、精采一些，秉樞尤其如此。他自小學習書法，鑽研符籙，能憑空畫出八卦，在字裡拓墾屬於自己的一方天地。

「字」既是認識世界的方法學，也成就一整套倫理學。開篇〈破體字〉便反覆叮嚀：「寫字是關乎意志的」、「寫著的同時，還要想著才行」、「我們所有擁有的，就只剩那一枝筆了。」

一旦提筆，便成了記憶的拾荒者，銘記時間，也叛逃時間。這或許解釋了書中何以處處流露遺憾之情：將書本放在租屋處的地面，意外地遺失遺忘，甚至做紙頁毀損的噩夢……他總是覺得自己對不起書、對不起字——因為擅寫，必須負歉。

我們看到創作者反覆在兩組概念間拉扯，一方面如〈時間圖〉所說：「是它們拼湊了我，使我重獲了時間」，另一方面卻也無法停止〈失語症〉描述的自我質疑：「說話的人是真正的我嗎。」

寫作，是這樣一件，掐著右手手心拍打左手手背的事。而我總想問，善良敦厚的人，能寫散文嗎？

在現實中，我對秉樞的印象，主要來自二〇一八年夏天，一起去韓國大邱參加學術會議。日數不長，但旅行的高壓最能見出一個人的本質。那幾天秉樞真稱得上是完美旅伴，脾氣好，寬容，所有細節都處理得周到圓融。而且，秉樞的體力出奇地好，走了一天也不喊累（原來小學是田徑隊的）。

難道都沒有什麼，無論如何也想爭取的、再跨一步就觸犯底線的，引他憤怒的事嗎？最後一晚在青旅，我困惑地問了秉樞這個問題。秉樞告訴我，他真的很少生氣。別人若待他無禮，就當對方在開玩笑。

這樣的思考模式從何而來，後來我沒有機會跟秉樞多聊。回臺後，也曾相約三五人聚過幾次餐，熱鬧取笑間再沒有那樣的深談。事實上在團體裡秉樞也可以非常諧謔，然而不管如何玩鬧，合照時秉樞仍會要我站中間，在某些不很必要客氣的小地方客客氣氣冒出一句：「謝謝學姊。」

他重視禮。重視誠懇。臉書也多半寫這份對人及對文學的信念。說實話，在學院和文壇目睹的種種，多半時候將人推離這樣的信念，而秉樞呢，秉樞提醒我們信念原本存在，應該存在。

他根本對善良有執念。

那麼，再問一次——善良的人，能寫散文嗎？

這些問題，秉櫃顯然都想過了。煮字未必能為藥。抒情既是才華也是原罪。〈破體字〉不就說了，「人生識字憂患始」，而《畫符》全書，最銳利的提問或許是：「書本是危險事物嗎。」（〈書痕〉）

以字為主角，不只是創作者的睿智，更是創作者的寬容。《畫符》中，秉櫃刻意將人事抹淡，朋友無名，小說家無名，深深敬愛的K師亦無名。更多時刻僅止於「有人說過」、「曾有人說」。

不能說、不想說的，就用字置換它吧——有人惡意將鉛筆刺入他的手心：「我於是在手心寫字，上敕下令，祈求它能保護自己。」（〈破體字〉）；被推倒受傷，「沒想再追問，當年在人群中，誰是那個無心的人。」（〈診候〉）。有些時刻也必須懂，不寫比寫更強悍。

浸身於文學研究所，秉櫃太知道書寫的危險，故他以字解字，也以字隱字。而這份想留下餘裕的體貼，也使得敘事抽離現實脈絡，不斷跳躍。所有成長痛，都被收捲到個人自身的「物體系」，構成《畫符》以字為軸所開展之「內痛論」最迷人，也最艱難之處。

唯有寫及親人的時候，那份「代言他者」的倫理愧欠方少一些。輯二「符篆冊」有篇〈魔術時刻〉，我私心非常喜歡。

〈魔術時刻〉寫童年時外公陪秉樞尋訪迷宮，他獨自入內，以為走出了通道，其實只是原路返回，而外公在迷宮外抽菸等待。外公病後，他們再沒有機會重訪那座迷宮，外界的奇幻被手心的祕法取代，陪病時光，秉樞開始一遍遍學習、演練魔術，卻一次也不曾表演給外公看過。

對生界的時間而言，死亡是魔術。寫作也是。真的如同〈魔術時刻〉所問，「這些寂寞的遊戲，最終都只跟自己有關」嗎？寫散文——這種只跟自己有關，又不可能只跟自己有關之事，沒有更貼近現實、卻不傷及現實的可能了嗎？

當我們為書寫對象命名，便已標記永恆的代換，與不在。畫符既是指物譬況、象徵表義，引喻必然失義。提筆之際，不可能有任何一刻，不為此感到自責或徒然。

然而秉樞，我想說的是，正因銘記與失去、償還與虧欠同義，無論如何書寫，文本中都會「永遠存在一道傷口」（〈傷與債〉）。或許我們一生之中，多數時刻，都在追求難以企及之事，這也正是寫作之所以美麗而動蕩，動蕩而美麗，最大的理由。

推薦序

人之跡：辨讀《畫符》

陳柏言

《畫符》的核心是「字」：浮現的字。幻變的字。消亡的字。

或者更精確來說，李秉樞真正關心的，是「書寫」。這裡的「書寫」是名詞，亦是動詞。譬如：悼辭。祭文。賀聯。病歷。日記。信函。稿紙。符篆。名單。籤詩。碑刻……李秉樞藉由書寫「書寫」，勾勒了一名青年作家的養成，「人生識字憂患始」的軌跡。那是全書的破題：「關於字的命題，或許都與長大有關」。

一切字跡，皆是成長的跡證。

於是，字跡即人跡。

秉樞對此，無疑是充滿自覺的。他寫字，亦讀字。學院的訓練，並未使他的心靈僵硬。他閱讀前人手稿，體察那些「書寫與重寫」，湮遠的意志與記憶；他亦是拾荒者，反覆「描摹，銘刻，賦形，造影」……。記憶不可拾，拾的只能是字。「字」是人存在的跡證，也因此，字必然與失落和死亡緊緊相依，互成辯證。

猶如〈破體字〉，那些在日暮落雨之後，被洗落的粉筆字；又譬若〈卮言〉一篇，祖父之死。祖父話少，戰後失學，卻是一位敬重文字的老者。他愛書，標舉「欲振家聲在讀書」；他抄寫，刻苦練就好文筆。祖父像是一具被文字纏繞的肉身，卻在臨終前逐漸失語，散佚成破碎的氣音。文章最後，秉樞寫道：「阿嬤見阿公變成了文字……不識字的阿嬤，竟然懂得。」在這裡，人不只留存字跡，更成為了字跡。讀懂的不再是字，也只能是字。

秉樞在文中自陳：我是個執著於字的人。

我認為《畫符》表面承接鄉土文學系譜，內核卻是十分現代主義的。秉樞引述郭松棻的〈論寫作〉，成為自己的「論寫作」；又接渡李渝，召回「棲居的語言」、「賴以為生的譬喻」。或如〈籤詩〉一篇，K師的「現代散文課」。那是秉樞大學的第一堂文學課程：一切調轉從頭，必須從「現代」開始。K師說：「愛是血寫的詩，因而，詩是血寫的愛。」血跡與墨跡交織，我想，那已近乎獻身了。

對於文字，秉樞幾乎到了「信仰」的程度。

不過，他又反覆指認，那些字跡的錯落、失能與誤讀。那是德希達《論文字學》陳明的：文字並不指向確切的真理，只會滋長更多的「蹤跡」（la trace）。字不是字，而是空缺與延異，是林中散落的殘影和獸跡。「輯三」，秉樞展開對文體的實驗（那不也是現代主義者的志趣？）在〈本影〉、〈蟄居〉、〈翼跡〉等令人喜愛的篇章中，秉樞解散敘事的慣習，以短小的筆記數則，呈現復魅的光暈。詞與物的關係不再穩定，鷹飛狐縱，都是影跡。

讀罷全書，我仍記得，那些很輕很輕的孤獨。時光殘酷，這樣一位「還沒準備好面對死亡」的漚汪小孩，終究見證過一場又一場的葬禮，題寫了這部《畫符》。它是既虛且實的哀歌，也是鎮魂曲。我想起秉樞說的：「寫字是多麼需要專心的事。」

謹以此祝福這本書。

輯一、書字帖

破體字

我的人生，總是在辨識或者指認文字。這些那些難解的，關於字的命題，或許都與長大有關。

童年的我，很早就學會畫出八卦。當時並不明白卦象與爻位的涵義，於我而言，那是護身符上守護我們不受傷害的記號。我將八卦畫在紙上，剪了下來，放進原本是指南針的羅盤中，佩戴在身上。

有段時間，父親曾每晚在書房翻閱十幾冊的《中文大辭典》。那一套書是他在就讀中文系時所購置的。他想要記錄數萬個中文字裡，所有具備重疊特質的字形。我經常前去窺探紙張上所羅列的繁複書契：天𡘙𡚁、火炏焱燚、水沝淼㵘、風𩗗𩙣、雷靐䨻、龍龖龘𪚥。大部分都是曾經存有，但如今已經廢棄的字。

譬若文字儀式，關於字體的考古學。父親彷彿要從象形指示的線索中，尋找已然失落的神話。不知何故，他後來沒有完成這件事情。我於是將他所蒐羅的文字拾來，在字典上逐項複查。這道習題，成為我想像文字的初始。我發現天、地、水、火、雷、風，這些詞與物，皆是構成世界的元素，恍如當年八卦圖象的示現。這是隱喻了。

在我逐漸長大的九〇年代，第一個學會的困難生詞，是鬼片裡的道士用毛筆在黃符上所寫下的「敕」。它指涉的意義是：奉請神靈，斬妖治邪。曾經有位同學將鉛筆刺進我的手掌心，傷口雖然已經復原，但依舊能看見肉身裡的鉛筆芯，停留在掌紋生命線一端。我於是在手心寫字，上敕下令，祈求它能保護自己。

將要進入二十一世紀前，動畫《庫洛魔法使》中，男女主角各自憑藉牌卡與符令，召喚風、雷、水、火。縱使只是卡通，我卻覺得那是一個嚴肅的遊戲。由於想要庫洛牌卻不敢說，我獨自在牆邊坐著。父親見狀，便帶著我到書局。我在一個紙盒裡發現庫洛牌，並將它們攤放在地面挑選，同時指認著世間的文字。

從小開始，我就想讓別人以為自己讀得懂許多的字，於是拿著一本古詩集，在同學面前小聲地念出來，甚至每日悄悄走進書房，默背一段古文，並且抄寫在作業簿上。彼時並不懂得，人生識字憂患始。在日後的課堂上，老師要我為同學示範一個生難字的筆畫，我在黑板寫出方正的字，但同學紛紛在臺下搖頭，有人大聲地說：你寫錯了。

這使我感到受傷。或許那是因為，我以為認得許多字的自己，並不會寫錯字。那段時間，偶爾凝視著字，竟會一時不認得，或是感覺到陌生，遺忘其本有的意義。在生字簿的練習之外，我撿來學校裡被丟棄的粉筆，用面紙包覆起來，謹慎地放到書包裡。我拿它在三合院老家的外牆寫字。而夏日午後的落雨，會將那些字跡清洗乾淨。

某日，父親交給我一本道經，裡頭夾著幾道符。我每日從房間抽屜將它取出，認真地看著符的文字。之後，我收藏許多香火袋，裡面各自存放著摺疊為八卦狀的平安符。我將它們拆開，放置在桌面上。即使並不完全識得那些符號，我仍摹擬其字形與筆跡，畫下無數道符。辟邪、護身、鎮宅、化煞。所寫之字，所畫之圖，沒有複本，每次都臨場而變，有所差異。它們潦草凌亂，不可名狀，不可破讀。古奧的字體，晦澀的象徵，如此艱難。

我向父親說，想要學習書法。有幾年的時間，我側背一只裝著毛筆、宣紙和字帖的布袋，等候兩個小時的車程，去到遙遠的書法教室。我喜歡坐在角落練習寫字。我寫得極慢，因為寫著的同時，還要想著才行。當我寫下「天地玄黃，宇宙洪荒」的時候，亦想像著它所負載的意義。課程結束時，往往已過凌晨十二點，於是要再等候兩個小時的車程歸返。

在書房裡，我將老師所寫的字，剪貼到屬於自己的冊子中。那是字帖，同時也是字典。我臨摹老師的字跡，做著像是拓印的事。而在每張練習過的宣紙背面，都被我畫下像是符令的文字。正反兩面，書法與符籙。我總以為它們是同一件事，關於意義尋索之事。在充滿墨水味道的書房，那個寫字的時空，像是古老的夢。

那幾年，許多書法比賽在廟宇裡舉行，參賽者在修行之所，安靜地寫字。廟方只發給每人一張宣紙，於是我們僅有一次性的書寫，彷彿要畫下不能寫錯的符令。據說，這些作品最終會一一擺放在廟宇的地面，於神明的俯視下，接受書法家的評判。

為了臨摹書體，我購置多本書籍，像是王羲之、智永、趙孟頫、王鐸、趙之謙的書法字帖。由於時常臨帖，《蘭亭集序》與《千字文》的書冊上，都被我沾染些許墨滴。那些帖子中，諸多的字原已模糊不清，甚至破毀闕如，無法辨認，於是每當臨帖時，我常揣想著那些未知的筆法。

有的時候，我會在作品上刻意寫下古體字。某次老師在批閱作品時，指著其中一個字說：「這不是古字，而是錯字。」並且點出許多問題。

父親問：是不是姿勢的關係？老師說：不是，是觀念。

彼時我才明白，寫字是關乎意志的。

路遙則十駕。我經常獨自一人留校，在權充書法教室的倉庫裡練習寫字。放學的人群遠去，喧鬧的聲音消退，偌大的校園空蕩無人，格外安靜。完成一幅作品後，已是黃昏。我在走廊的洗手臺，清洗著毛筆。未留神的瞬間，毛筆從手指間脫落，掉進了孔洞之中，下落不明，我因此感到十分悵惘。而不久後，我終將告別那所校園。許多字帖無意間被我丟失，它們或許被遺留在那間廢棄的教室，陪著那一枝無法尋回的毛筆。

往後中學的日子裡，我在國文課上，成為一個執著於字的人。遇見不曾讀過的字，我便將它抄寫在筆記本的最後一頁。查詢辭典後，再將它塗擦抹去。那一張充滿痕跡的紙頁，曾經在不同的時間，被複寫著不同的文字。我回想起，有位同學曾向老師詢問某個成語的意義，但老師的解答使我感到困惑。回家以後，本想查索辭書，然而，我卻遺忘了那個成語。隔日，我向同學與老師追問，而兩人竟也不記得。無法憶起的字，我要如何究詰或破譯？

大學考試以前，同學託我為班上題寫春聯，貼在教室後方的布告欄。我雖用冷僻的文字，拼湊上聯與下聯，但卻是表達祝福之意。畢業之後，聽聞教室動工改造，我於是趕赴學校，想要取回春聯。然而，上聯卻不知被誰撕去，遺留無法成對的下聯。春聯究竟是不完整了。佚失、匱缺，意指它已成為斷簡殘篇，隻字片語。我雖記得那樣的心情，卻再也寫不出那樣的字。那樣的字，只存在於那樣的時光。

大學時，我與父親一樣就讀中文系，以文字維生。朋友們不時傳來圖片，向我詢問書法作品的墨跡、史料文獻的字體，或者神明出文的指示。我在書桌上擺放著各種字典，深怕無法辨識那些變體、異體或古體的字。有時的我，會將待查的字寫在手背上。由於擔心別人問起，因此刻意寫得潦草。後來，竟連自己也無法辨認。隨著清水洗滌，它們漫漶而消失。不知為何，那些消失的字，唯有在夢中，我會忽然地想起。

數年以後，念臺文所的我，經常在圖書館讀著作家手稿上的字跡。有些作家將某個字塗抹以後，又再將它寫了回去。那些書寫與重寫，文學的銘刻，有著時光的意志，歷史的記憶。然而，在寫作的草稿上，我則是經常塗掉錯字以後，又再次寫了同樣的錯字。或許在潛意識裡，我主觀地以為那個字是正確的。而又或許，在最專注的當下，最凝神的瞬刻，那個錯誤的字於我，其實才是正確的。

無論錯誤或者潦草，這些那些字跡也許僅僅是我心象的顯影，有時倏忽即逝，有時漫無所終。我遂明白，破體字代表的並非失效或終結，而是表徵著存有與延續。它們被寫下的瞬間，就已具有意義，而瞬間的意義，也總已具有充足的意義。

某日，我在圖書館的書庫深處，發現一本關於符令的書籍，於是坐在地面，翻讀那些書譜與符訣，艱難的文字學。許久的時間，都沒有人經過我身邊。被書籍包圍起來，使我感到安心。忽然，在紙堆之間聞到墨水的味道，我拿出筆袋裡的墨筆，在筆記本上寫著「遺悲懷」，像是將抒情的刻辭銘記而下。

寫字是關乎意志的。我時常想起，老師曾告訴我：「不要放掉你的筆。我們所有擁有的，就只剩那一枝筆了。」於是，生活的日常裡，我用手指在水滴凝結的鏡面上，落滿灰塵的木桌上，寫字，或者畫符。

書痕

我經常將書本弄濕。國小畢業的前一天，放在背包中的杯子破裂，茶水溢出，書本浸泡於水中。放學之際，我在空無一人的教室中，用盡各種方式，試圖將書本弄乾，因而錯過最後一次的集合。那本書至今還有著水的氣味。

母親曾交給我一本小說，是她從朋友那裡借來的。我十分喜歡故事的情節，很快地就將書讀完。可是，放置在一旁的水杯被我打翻，不偏不倚地倒在書上，將其沾濕。陽光曝曬過後，邊邊角角泛起了許多皺摺。我對此耿耿於懷，但母親將書交還給朋友時，她卻一點也不介意。

那本書中，一名穿越時空來到現代的古人，每日述說自己的故事。他的身世，早已是現時的歷史。我記得，他曾在山丘上，迎著風聲吟唱，像是引渡魂魄一般。小說最後，他明白時日已至，於是再次穿越時空，回到屬於自己的地方。

多年以後的某日，我忽然想起那本書，於是在網路上搜尋各種相關的字詞。那時才發現這段情節，並非出自當年被我弄濕的那本書，而是另外一本我在圖書館讀完的小說。或許我該感到歉疚的，不是將書本弄濕這件事，而是我遺忘了書本的內容。

●

父親收藏著幾本線裝古書，放置於玻璃書櫃中。我會趁著無人的時候，打開書櫃，偷偷地翻閱。上面記載著文言的字句，我將它們當作道經、拳譜，或者醫書來看。

而往後的我，時常在書店裡，坐在地上讀著這些書籍，奇怪的是，我屢次從書店離開之際，擺放在門口的儀器，總會感應到我背包中卡片的訊號，因而嗶嗶作響，店員與看書的人紛紛抬頭望著我，彷彿我是一名偷書賊。

書本是危險事物嗎。曾經聽K師說起，戒嚴時期，在中文系的圖書室內，書櫃上放置文獻典籍，內側藏著魯迅全集。父親也曾在書房的抽屜，保存他大學時期暗中購得的禁書。封面上大多沒有作者的名字。魯迅與沈從文，因而隱姓埋名，靜默無聲。有時翻閱，會在書隙之間，竄出幾隻蠹蟲。我於是將書取出，拭淨後擺放在書櫃上。

我想起李渝的〈朵雲〉，描述居住在溫州街的女孩與文學教授的往來。教授原是左派知識分子，卻在戰後噤聲的年代，變得潦倒失意。他在一大排歷史書籍之後，取出一本薄薄的冊子，交給了女孩。沒有封面的書，是魯迅的小說。它歷經戰亂流離，被一個落魄文人偷藏了起來，隱身於歷史。

同樣刻畫壓抑心理的，還有郭松棻的〈雪盲〉，敘寫知識分子在苦悶的時代中，找不到出路的困境。敘事者從校長手中得到一本《魯迅文集》，後來的他在美國學校任教，教授的正是魯迅小說。離散海外異鄉數十年，理想無法實現，於是憂鬱頹廢，百無聊賴。魯迅雖然帶給他啟蒙，卻也帶給他幻滅。

一代人，一代事。中文系的臺靜農教授，年輕時在小說創作上師從魯迅，卻在寫出幾本小說後封筆，專注於書法，鮮少提及自己與魯迅的往來。這些憂鬱的知識分子，那般憂鬱的文學史，使我著迷。就讀研究所期間，我經常搭乘公車前往很遠的二手書店，尋索那些曾經被禁止的讀物。某次在閉店之前，我走進常去的書店。老闆沒有注意到我，兀自抽起了菸。空氣中混雜著書的香氣與菸味，卻有著無塵無菌的感覺。

規律性地，我每兩三日去到圖書館歸還一疊書，再抱回一疊書。有一日，來到圖書館的書庫，旋轉把手，打開可移動式的書櫃，發現左右兩側皆是曾經的禁書。我在裡面翻閱書籍，彷彿置身括弧之中。忽然之間，忘記固定的書櫃，朝著自己擠壓而來。霎時間，我一面伸手抵擋，一面快步從巨大的書隙中逃離。

父親時常說，讀書的人，不能將書放在地上，而我卻經常這麼做。偶爾想起某書時，才會將它拾起，用手輕輕將灰塵拍去。如今租賃的窄室，沒有多餘的空間，只能將書籍置放在衣櫃裡，或者堆疊在床邊的地面。睡眠之時，常一翻身就將書給撞倒。書本掉落的聲響，每每將我驚醒，趕緊起身收拾散落一地的書。

或許因為如此，屢次作著關於書的噩夢：重要的書受到毀損，或者地震之時，房屋由於過重的藏書而傾斜崩塌。而現實裡的我，翻閱著書本，手指被銳利的紙張割傷，於是整理書的時候，書封沾上血漬。有些年代久遠的書本十分脆弱，輕輕一碰，冊頁就從書脊脫落，用膠帶黏貼，它們依然碎裂。然而，守著這些書，以及被這些書守著，多麼讓人有容身之感。

●

某個下雨的夜晚，前往臺文所的路途上，看見一名老婦人倒臥在地，老先生輕聲呼喚著她。我撐著雨傘，讓他們不致被雨淋濕，直到救護車前來。一旁紙袋裡的書本淋著雨，水分慢慢地滲透，頁與頁之間，再難以翻開。

我於是到二手書店之中，尋找同樣的書。然而，我並沒有找著，而是買回一本臺灣文學小說選。後來閱讀時，竟在書本末頁，發現原主的照片。我依照書上簽寫的姓名，透過網路搜尋，聯繫到那名老婆婆的親人，並且將照片寄出，託付她送還。隔日，老婆婆撥了一通電話向我致謝。通話過程中，收訊一直不好，但卻能斷斷續續地聽見，她細數著自己喜愛的作家：

賴和、楊逵、王詩琅、龍瑛宗、呂赫若、張文環、葉石濤、鍾理和、鍾肇政、鄭清文、白先勇、王文興、七等生、陳映真、王禎和、黃春明……

由於年紀漸老，於是她慢慢地將書賣出，傳到有緣人手中。我最後在雜音中告訴她：希望您身體健康。當時的我，正巧在那間二手書店。而聆聽著那些名字的同時，手指依次摸過眼前陳列的書籍，也正是那些作家的作品。我遂明白，自己是在書的痕跡之中學習傷逝與祝福。

棋魂

在國小的年紀，因為著迷於卡通《棋靈王》的緣故，我開始自學圍棋。起初，我登入網路空間，透過與他人的對弈，從摸索定石，到嘗試各種布局，甚至訂購了幾本如字典厚重的棋譜。我一知半解地看著日文，按照數字順序，擺著本因坊秀策與吳清源的棋局。

後來的我想要拜一位高段者為師。老師為了測驗我的程度，要求我解開數十道題目。短暫幾分鐘內，我悉數擺出所有答案。於是，他從口袋裡掏出一張紙，上面印有一道詰棋，來自《玄玄棋經》。

我直覺用手指點出落子的位置，剎那之間，便明白那不是正解。老師立刻說：「這步棋，沒有什麼道理。」我於是在棋盤上反覆推算，製造劫爭，卻逐漸意識到自己始終無計可施。

他看了一下手錶，並且說：「就到這裡吧，這張紙送給你。」我想他的意思其實是：這道題目，就留給你的人生了。

我將那道題目置放在棋盤上，日復一日地，擺放黑白棋子，仍是沒有找到答案。我無數次在夢中，解開了那道詰棋，醒來後卻又將方法遺忘。於是，那道題目就停留在未生未死的殘局。

在我唯一參與過的比賽裡，最後一局的對手是一名比我年幼的男孩。到了收官階段，對手突然在安靜的賽場中發出驚訝的聲響，我被那突如其來的反應嚇著了，細看局面，才發現自己的失著。最後我以半目之差，輸掉棋賽。

而在漫畫裡，藉由血痕穿越時空的棋魂佐為，在與阿光對弈時消失。失落的阿光，為此深陷痛苦，放棄圍棋。後來他才明白，唯一能見到佐為的方法，就是不斷下棋。但是，漫畫卻結束在阿光輸掉了一局棋。

十年之後，人工智能與當代棋壇高手進行五番棋對弈。那名棋手，是我當年學棋時，被稱為不敗少年的人。

第一局棋，棋士投子認負。那一瞬間，誰與我們擦肩而過，造成驚懼；誰又將一去不返，我們遂只能感受世紀末般的荒涼，無可依恃。看一盤棋，人間彷彿已過百年。

連敗數局後，背負沉重使命的棋士，再度孤獨地戰鬥。行棋至中盤，人類一方已在劫難逃。而在棋子未生的危機時刻，棋士落下的神之一手，彷彿曙光，為死棋尋找到活路，最終獲得勝局。

但事實上，神之一手是不成立的。它是在數據演算法的縫隙裡，以微乎其微的機率，走出程式未曾計算到的複雜變化。末世的最後一搏，是一步超高的無理棋。

三年後，世間唯一戰勝人工智能的棋士，已逐漸遠離巔峰，選擇退出棋壇。一個時代終將過去。

然而，在引退賽上，棋士再次對陣人工智能，下出真正的神之一手，終結了棋局。

據說，圍棋變化的可能性，目前是無法窮盡的。因此人們依然繼續修行，在瀕危與歷劫之際，奮不顧身地試誤與索解。

某日，我發現漫畫原來還有後續，阿光堅定地追求神乎其技的棋路。我於是坐在蒙塵的棋盤之前，打開摺疊的紙張，看著那道題目，並重新擺放黑白棋子，一時之間竟明白了解法。遲後數十年的答案，穿越時空而抵達。

當年的不敗少年已經老去，我的年紀終於大過了漫畫裡的阿光。從此以後，面對不斷變遷的歲代，還能追索著什麼。我們迷惘又憧憬地走向前去，試圖找回消逝的靈光。而其實我們都是阿光，只願能找到佐為。

或許有一天，阿光會看見他的身影，追上去時，他又會再一次消失不見，於是，他將始終追尋，那個星座中的孤單靈魂，宇宙中的超然神祇。

信物

國小那幾年，我會在日曆紙背後寫下日記的草稿，修改以後再謄寫到綠色格子的日記簿裡。當年曾有位老師向我借走多本日記簿，卻沒有歸還給我，因為他已找不到了。某日，我夢見那些遺失的日記，因而開心地翻閱著。醒來之後，反而感到非常惆悵。時間過去，逐漸長大的我，不再有關於日記的作業，於是我換了另一種形式記述生活。

無數考試填滿中學時光，我們早已厭倦唯一的答案。那些用以讀取考試選項的畫卡，成為我們交換心事的紙條。將字語摺疊後，傳遞到他處的座位，等待回應。因為擔心紙條被外人看見，於是寫得像詩。習慣不成文法的字句以後，就懂得辭不達意的語言。我們敘述故事，描寫心情，把捉意義；我們歡呼夢想，歌唱意志，抱擁世界。紙條上的手記，所抒寫的的熾熱與冰冷，是學生試圖逃逸的證物，生活的剩餘。而或許這些剩餘，才更接近真切的日常。我們的寫字年代。

A是我最常寫紙條的對象。自學校畢業後，那些紙條如瓶中稿般，被封存在房間的抽屜。多年過去，我再次讀起紙條。由於缺乏事件與日期的註記，已然遺忘當初寫信的前因後果，以及自己何以寫下如此多的「對不起」。無題的信，難以解讀的字跡，使它們成為時間的祕密，青春的懺悔錄。

「學校附近有一間二手書店，書非常多，有些還放在地上。我發現一本日記，每日都只被寫下一句話。有幾頁被撕毀，我僅能透過複印在下一頁的痕跡，來辨認那些遺失的字。只有最後一頁寫了許多的字，字跡是憂鬱的。沒有署名，但我知道那是你的日記，因為我已十分熟悉你的字跡。後來的我，發現那原來只是一場夢而已。奇怪的是，那些看過的書名，我全都記不得了，但是被你寫下來的字，卻還是很清晰，彷彿我讀過了千百次一般。」

A遞來一封回應的信，寫著：我很好。

●

升上高中就讀，才擁有第一支手機。夜晚經常躲在棉被裡，就著微弱的光線，凝視小小的螢幕，敲打著文字簡訊。舊式手機的收件匣，儲存空間若滿，是無法收到信件的。因此，除了保留重要的信，也必須刪除不重要的信。

朋友曾傳來簡訊，告訴我：「人要學會自己長大。」我將這封訊息刪去。

某日放學回家，發現手機並不在書包中。我於是沿路行走，握著手電筒，同時不停地撥打自己的電話號碼。黑暗太深，稀薄的光線未能抵達遠方，一路上終究沒有傳來任何回聲。

隔日，我借用他人的手機，發出一封簡訊：「手機裡有重要的文字，請善心的你與我聯絡。」放學後，在返家的校車上，看見手機被置放在失物招領處，原來它被我遺落在座位上。我立時打開手機，螢幕上顯示諸多未接來電，來自不同人的手機，而這些都是我自己撥出的。並且，我也收到來自於自己的簡訊。

有一天，在舊手機裡發現只打了一句話的簡訊，當時並沒有送出。然而，我卻想不起來，那是何時打下的，而我究竟想對那個人說些什麼呢。那陣子，每次登入臉書頁面，紅色標誌總提醒著我有一封未讀訊息。點開對話框以後，卻沒有看見任何人向我聯絡。那封訊息彷彿永遠接收不到，卻又始終存在。是不是有個人，也想對我說些什麼，而沒有送出。

曾與一名朋友在街道走著，他向我訴說生活的快樂之後，忽然就在路上痛哭起來。我感到手足無措，只聽見他談論著關於自己的挫敗。我發現在臉書上，他會與自己對話，自問自答。我傳了一封訊息給他，但他從來沒有點開。日常生活中我們依然彼此交談，卻在畢業以後漸行漸遠，失去聯絡。

失去聯絡，或者不知如何聯絡。在獨自散步的凌晨，看見一名休學的同學。他曾傳來一封長長的訊息，說明自己對於所愛好的一切都失去興趣，只想學習寫小說。而我不知道該如何回覆，只託人送給他一本《人間失格》。那時候，我站得遠遠的，看著他走進無人的超商。在手機螢幕中，點開了當年的訊息，並且懷著巨大的歉意。

徬徨少年時。寫過信的我們，究竟長大了沒有。

拾荒者

生命只是一連串孤立的片刻，靠著回憶與幻想，許多意義浮現了，然後消失，消失之後又浮現。

——普魯斯特

之一

就讀國小時，垃圾場遠在校園的角落，值日生總要走上一段很長的距離，才能抵達那裡，扔掉提挈在手上的棄物。午休的時候，眾人沉睡著，我獨自走向垃圾場。圓形的凹地，野茫茫一片，像是墓地風景。焚燒過後，殘存的塵土已是歷史遺址。我用力丟出垃圾袋，讓它沿著拋物線騰升再降落，落在昨日陳舊的破物之上，落在前日熄滅的灰燼之中。那裡日復一日，持續堆疊著生活的剩餘物質。

之二

高中的晨間打掃，我自願負責資源回收的工作。當全校師生在集合場進行升旗典禮時，我就在學校的角落撿拾廢棄物中的容器，一一分類，將它們拋進其所歸屬的袋子裡。某次，在工作即將完成之際，我發現有一只瓶子被我誤放，壓在一堆紙杯底下。我將它們悉數拿出，才取得那只幾乎被壓扁的瓶子。

之三

教室旁有一座鐵屋，平時都是封閉的。某日，不知道誰開啟了門鎖。裡面十分陰暗，我摸索許久，才終於找到日照燈。滿地散落著皺摺的國文課本、已經無用的試卷、遭到作廢的作文稿紙。這些物事，沒有被回收，而是遺留在這座文字的墳場。我撿回許多被棄置的書籍，抖落灰塵，放進側背的書包裡。

之四

教室角落有個書櫃，裡面有著幾本不完整的金庸小說。畢業之後，我回到學校，教室已進行動工，桌椅散落，石塊遍地，牆面被拆毀，黑板被移除，只有那幾本書籍，依然還在那個沾滿埃土的書櫃中，沒有人取回。我不忍將它帶走，只讓它和懵懂的年少，一同凝止在飄散煙塵的空氣中，終至覆沒。

之五

到了啟蒙書法老師的家中，發現他坐在客廳裡。他告訴我，那日是停課的。我看著他拿起桌面上的信件，慢慢拆開，並將郵票剪下來。他的右手拇指上有著因長期握筆而微陷的痕跡。我問：您在集郵嗎？他回答：沒有，只是丟掉了可惜。我於是詢問他能否將郵票送給我。老師說好。我將它放在抽屜裡，保存起來。多年以後，聽聞老師已經離世。在那麼多郵票中，我分不清哪一張是老師當年給我的。

之六

歲除的清掃，家人不小心扔棄我的歷史課本。因為缺了一本書的緣故，書櫃上多出一個空格。我詢問著：能不能在回收場中將它找回來？或者，是不是附近的拾荒者取走了那本書？我心疼我註記的文字，想拾回那段歷史。我曾到一間二手書店，仔細查索架上的書籍，期待能在裡面找到它。多年以後，再次造訪同一間書店，發現有些書本，竟還在一樣的位置。但我始終沒有將那本遺失的課本找回來。

之七

撰寫論文期間，原要從資料夾裡抽出筆記，沒有意料到，那張筆記卻忽然掉出，以完美的弧度飄落，滑入了床底下。我跪在地上，屈身低頭，瞇起眼睛，依靠微小的光線，逼視黑暗的床底。縱使伸出手指，卻仍是無法搆著。於是我用力抬起床，拿出那張筆記。由於過度施力，手指出現瘀青，久久難以散去。而紙張上則沾滿灰塵。

之八

多年以來，適應了晚睡的生活，凌晨時分總是清醒著。接近天亮之際，我拿著玻璃水瓶到浴室沖洗。霎時之間，玻璃應聲破裂，碎落滿地。我慢慢將它們一一拾起。然而，在磁磚的縫隙中，依然有著細小的碎片。即使我專注凝神，卻還是不小心被玻璃刺傷了手，並且滲出血來。

之九

文學院的教室裡，我習慣坐在角落的最後一個位置。腳邊擱著雨傘，地面有濕掉的水灘。幾堂課下來，老師平靜的語調讓我以為他是個淡漠的人。後來有一次，他提到校園很多地方都變了，今昔之感，物是人非，突然就哭了起來，久久都沒有說話。窗外還下著雨，霧氣遮掩了草與樹，整個庭院好像要失去了一般。忽然有人走進視線裡，將傾倒的腳踏車牽起，停靠在牆邊後便離去。

某日，我猶豫著是否旁聽一門課程，於是在宿舍與教室的路途中，來回數次。最後一次折返時，轉身撞到了拾荒者的腳踏車。我悄悄地將它牽起，安穩地放置在原來的位置，並且決定前往教室聽課。原來那天，在文學院教室的我，看見的正是我自己。

之十

《神隱少女》中，講述記憶的祕密：曾經發生過的事情不會忘記。寫作隱喻著回憶。我走回初時荒茫的林中路，路徑迂迴，時態無序，霧中的風景，隱祕晦澀，渾沌恍惚，但我仍要伸出雙手，勇敢觸摸與指認身旁未名的一切，描述不可描述之物。世界之物事，依憑我們設喻與指謂，方有繫連。

詩人寫著：「回憶就是生命本身。」

歌者唱著：「人總是費心愛著消逝的一切。」

在記憶所繫之處，時間無涯的荒野，拿起失落之物，我遂成為記憶的拾荒者。撿拾文字，書寫浮光。描摹，銘刻，賦形，造影，命名。無物之象，太初有字。瞬刻之間，一切回憶都成現在式。碰觸碎片般的記憶，卻也刺傷了自己。然而，這些那些，都為我重新銘記，終於不再湮滅。

「一切消逝的，不過是象徵；那不美滿的，在這裡完成。」

時間圖

我曾以為戴上手錶這件事，意指長大的開始。

早在數學課開始識讀時間刻度以前，我就已經學會看時鐘的方法。像拿著地籍圖尋找地位，我拿著時間圖索引時態。從小習慣在左手戴著手錶，時間感近乎安全感，在任何時候都不會將它取下。長年以來陽光曝曬，左腕上便有一道蒼白的痕跡。

同學知道我戴著手錶，於是常在老師轉過身於黑板上抄寫文字之際，悄悄地問我：「現在幾點鐘？」我給予應答以後，他會開始以秒為單位，倒數計時著。他是在等待著下課，還是我們長大的那天。

童年的我，經常將報紙上的電視節目表剪下，黏貼在筆記簿裡，像是收集時間的圖鑑。大人告訴我，那些圖表每日都不會相同，時間一旦過去，就會失去意義。它僅僅標誌著，曾經的某一日裡，時間不重複自身地去而不返。

老家的時鐘，秒針走動會發出明顯的聲響，寂靜之中彷彿能聽見時間的聲音。我在安靜的白日，等候時間，準備觀看一場電影。電影原來應該會在準確的時間開始，準確的時間結束。後來我發現並不一定如此，它可能提前，也可能延後。我喜歡準時與誤點之間，螢幕中的音樂MV。有時候播放的電影，會與表定的不同。或許時間在暗中置換了什麼。

●

物理學家說：「時間是存在的，卻無從度量。」

縱使我時常看錶，卻從未見過時針移動的剎那。身在巨大的時間瀑流之中，過於渺小的我們，無法知曉它究竟如何流逝。

哲學家說：「人向死而生。」

那只長年使用的手錶，歷經碰撞磨損，不知何時，被鑿印上一道刻痕，譬若時間之傷。在那之後，確認時間時，經常看見4點44分。

我夢見自己置身送葬隊伍之中，人群規律地前進著。我不認識隊伍中其他的人，但並不覺得奇怪。我們只是時間的一分子，要將什麼看不見的物事，送到不可知的地方。

文學家說：「時間帶走了一切，天上的虹或人間的夢。」

睡前設下的鬧鈴，時常弄錯上午與下午；從夢裡醒過來以後，凝視鐘面，一時無法判斷當下是早是晚。我試著回想夢境，但隨著時間漸長，越是想不起夢的內容。縱使再度入睡，也無法接續夢境，無從得知夢的後續。後來，終於記不清究竟有沒有作過夢了。

時光不可追回，人們終究要在推移的悲哀中學會遺憾。

●

小時候，我與父親一同在沙灘撿拾石頭。從沙地裡將它們掘出時，多半還飽含著濕度。它們遠在我出生以前，就已存在幾萬年月。我抱著那些古時的化石，沿著海邊走著，卻始終找不到放置背包的地方。我於是停步，逕自坐在沙灘。

那時已是黃昏，我在沙灘上挖掘一個很深的窟窿。為了不讓漲潮的海浪淹過，我以細沙在外圍堆起一座守護的城牆。堆積的工程，遠遠落後於海水侵蝕的速度。那座沙牆終究無法抵擋海浪，陷落的窟窿在海水襲來的瞬間被覆沒，漸漸地恢復平坦，還歸原來的樣貌。起落的潮差裡，彷彿什麼都未曾發生，卻也什麼都發生了。

曾經欣賞的女演員淡出演藝圈，慢慢地失去了消息。喜歡的男歌手驟然離世，知道這件事情的人卻很少。

不停翻動著書桌上的沙漏。將積累的中藥罐擺放整齊。不定時為冰箱除霜。偶爾將襯衫漂白。扔掉堆疊在郵箱的過期信件。領回失物。等待一年一次的感冒過去。

這幾年來，我偶爾將手錶褪下，時間久了，左腕上那道蒼白的痕跡就漸漸淡去。某個清晨，雨水從天花板的裂痕裡滲入，慢慢滴落於房間。我將玻璃杯放在落水之處，滴答滴答的聲音，不斷傳來，然後消逝。天亮以前的時刻，我看著電影，幻燈片般地光影交錯，人物的獨白像是呢喃。

那時，忽然想看《你的名字》，於是將影片放到任意拾起的隨身碟裡，接到電視螢幕播放。女孩在茫茫人海中，將髮帶交給了男孩。巫女曾說，結的編織纏繞，可以穿越時間之流而迢遞。我想著，那就好像《神隱少女》中，魔女為千尋織就的髮圈。影片播畢後，螢幕接續的竟是那個我想像的畫面。我還以為，是電影折射了我的意念。而原來那段影片，是過去的我置入隨身碟的，並且被當時的我所看見。它們無意或者有意地，繫連在一起。

時間圖是破碎的，我於是找尋一種編年的文法與字序，努力拼湊它們。但後來才發現，是它們拼湊了我，使我重獲了時間。

失語症

升上小學的那日，我依照指示走向教室。陌生的同學各自安靜坐著，我為自己挑選一個在教室後方的位置。老師點名時，獨獨遺漏了我，因為我的名字並沒有在名單上。那代表著，我不應該出現在這個班級，只是一個誤入的局外人而已。

老師親切地問：「你叫做什麼名字？」我忍著不哭，手指在木桌底下不停搓揉。由於發出的聲音太小，她詢問了三次以後才終於聽懂。

曾有一段時間，我無法駕輕就熟地說出自己的名字，總覺得它念讀起來的聲音十分奇怪。老師要我在新同學前自我介紹，我卻始終不肯讀出自己的名字。失語，對名字失語。制約，被名字制約。教室裡的空氣凝滞，老師無法理解我的執念，就連我自己也是。

學習書法以後，我發現最難寫好的竟是自己的名字，一幅作品往往失敗於落款。

那陣子甚至經常夢見，當我提筆寫下名字，字跡便開始歪斜彎曲，越是要寫，越是遠離本體。於是後來每當落款，我都故意模糊筆畫，將名字寫得潦草。書法老師批閱我的作品時，告訴我：「你的名字不是這麼寫的。」

我的名字是算命而來的，雖是依據生辰與命格，我卻以為名字所指涉的意義不同於自己的本質，好像它不屬於我，而是一道神祕的字謎，讓人感到陌異、疏離或者失真。

不知是否因為如此，我時常被喊錯名字。有一名老師，信誓旦旦地告訴我，一直以來我都念錯了自己的名字，於是要我修正讀音。縱使我明白，老師才是錯誤的人，但在他的課堂上，我遵循著他的讀法來自我介紹。訛誤的指稱，會使主體遭到置換嗎？說話的人是真正的我嗎？

某年生日，父親告訴我，小時候的我在盪鞦韆時撞傷頭部，暈倒後血流滿地，陪同我玩遊戲的孩子各自逃散。送至醫院後，值班的急診醫師連忙翻書，尋索救治的方式。後來他決定打針，消解瘀積於腦部的血塊。然而，狀況並沒有改善，他於是為我轉院，並且向家人吩咐，這段過程中，千萬不能讓我睡著。

在車上，母親一路搖晃著我，喊著我的名字。父親對我說：要好好愛自己，你是被撿回來的。聽完故事後，童年就結束了。命運難卜，而我們依然要向前迢迢趕赴而去。

往後的日子裡，我經常在紙張的空白處，反覆抄寫自己的名字，作為一種生活的練習。同學贈送我一張庫洛牌，我勇敢地提筆，在上方寫下自己的名字。而書法老師為我篆刻一枚姓名章，讓我蓋印在落款處。黑色的墨跡與紅色的泥印，以我之名，看起來有著完整的意志。

如今我已慢慢習慣，能自然而然地說出自己的名字，不再失語。坐在診療椅上，醫師詢問我：「你叫做什麼名字？」當我清楚地給予應答，名字彷彿一則密語，預示著治癒。

我回想起某日的教室，教授解讀著六〇年代的臺灣現代主義小說，課程接近尾聲之際，他如此結尾：「不要失去名字。」我忽然以為這句話是對著我說的，於是就在小說文本上寫下名字。名字，終於是我親密的一部分。

傷與債

有一日，同學來到我身邊，並且告訴我：「我要對你施展魔術。」我閉上雙眼，垂下的雙手，竟感受到一股力量推著，慢慢地被抬了起來。她成功地對每位同學進行表演，卻始終不肯向大家透露魔術的原理。

後來不知道為什麼，大家都失去興趣了，再沒有人想知道祕密。幾年過去後，我向她提起這件事。她再度向我施法，遺憾的是，這次的魔術已經失去了效用。她說：「我忘記了。」於是，魔術也就此失傳，好像沒有這件事情一樣。

那段時間，我透過電視觀賞許多近距離魔術表演，並且買來許多關於魔術的書籍。在半個世紀前，曾有位魔術師創造了一個神祕的術法，世界上沒有人得以破解。這個魔術被命名為「巴格拉斯效果」。後之來者，以各自的方式，試圖解開這個歷史的祕密。

有人說過：「我們的存在，就是對世界表達我們的存在。」我站上教室的講臺，將兩條橡皮筋分別套在雙手，勾出繁複的圖形。老師卻對我說：「這不是魔術。」下課鐘響，我若無其事地下臺，表演戛然而止。這不是魔術，只是一場誤會。

上課期間，我暗自在抽屜練習魔術，手中的紙牌忽然掉落。一名平常不太與別人交談的同學，在一旁悄聲對我說：「失敗了。」原來他已經看著我練習許久。往後的我不再變魔術了，卻在好幾次的夢境裡，反覆經驗著自己發明了一個絕妙的技法，卻又在表演中被當眾破解的戲碼，於是陡然驚醒。

魔幻文學家曾說：「我真正想當的是魔術師，但我變魔術的時候會很緊張，只好避難於文學的孤獨中。」

初進大學時，曾寫過一篇小說：憂鬱的男子，在日夜交界時，行走於鐵軌之上，眺望平行線相交於遠處的原野，心想著那是多麼難以抵達的地方。有一天，我陪同小說家散步，她指出這篇小說有一個致命傷，並且答應下次見面時會告訴我。她搭上公車離開以後，我獨自走回宿舍，無法想通文本的傷口在哪裡。而往後的日子，我沒有再向她提起這個問題。

某個跨年夜，我在書店看書。即將打烊時，廣播的聲音忽然傳來，呼喚著那位小說家的名字。有個人正尋找著她，而其實想尋找她的人是我。我想在跨過年以前，明白小說的致命傷究竟是什麼。我試著走向櫃臺，卻被人潮逐漸推向門外，始終沒有見到她。

煙火釋放的時刻，城市正飄著雨，人群有默契地放下手中的傘。我望向天空，眼鏡上有雨滴。跨過了年，我傳訊給她，她卻回應道：當時我並不在那裡。也許所謂致命傷，亦即：我以為是，但其實不是。後來的我，沒有再讀過自己寫的那篇小說。好像無論我如何改寫，裡面依然永遠存在一道傷口。

●

郭松棻的小說集，已經絕版，幾乎難以再找到了。我分別從不同圖書館將他的小說借出來以後，在狹窄的房間裡逐字逐句讀著。

〈論寫作〉裡，一名想要成為作家的畫工，在寫作過程中不斷遭遇著精神折磨。畫工一心從事寫作，追求現代主義式的藝術精神，想要寫出內心苦苦思索的家鄉街道上那扇窗口。他落入孤獨的寫作生活，反覆修改文字，不斷復返過去的記憶，卻始終無法再現那個原初的場景。

寫作讓他苦悶，但他依然堅定決心，實踐自己的創作意念。然而，最終還是失敗了，他被送進精神病院，甚至罹患失語症。深陷悲劇的他，只能成為一名憂鬱藝術家，處在既痛苦又堅持的矛盾，慾望與絕望的永劫。那一天，他所看到的景象，竟讓他一直困在那裡，卻又難以觸及。

而我們是否都在追求難以觸及之事。長年以來，我習慣將腦中忽然浮現的想法記在紙上。某日，將要入睡以前，想起一件重要的事，然而由於十分困憊，疲於起身，於是下意識地將文字轉換為畫面，以便醒來之後，能夠輕易地喚起記憶。隔日，腦海中映現著昨日的印象，是一名正在奔跑的女子。儘管我非常努力，卻無法記起關於這段畫面的意義。女子逐漸迢遠，身影模糊，而成為一個深重的記憶債務。

那陣子，我就背負著這段記憶，去到教室與圖書館，與人交談或者獨自尋書。上完年末的最後一堂課後，由臺文所散步到二手書店，竟然在書櫃上發現了郭松棻的小說集，於是趕緊將它取下。舊書的封面有些斑駁，那是歷史的沉重記憶，時代的憂鬱顏色。我忽然理解，那日入睡前的我，所想到的不是其他事情，而是郭松棻的小說。

此在

童年初次到這座城市，家人為我買了一隻氣球娃娃。我非常喜歡它，無論到什麼地方遊樂，都將它抱在手上。站在捷運月臺上時，娃娃從我手中掉下，落進陷落的地面，停止於鐵軌上。列車即將進站，我覺得自己傷害了一條生命，於是匆匆地從人群裡逃離，深怕聽到氣球破掉的聲音。

每次搭上捷運，開始很長的行程，我總會想起這段關於消失的往事。列車在隧道中前行，窗外漆黑，玻璃映射的倒影，像是另外一個世界。我看著半透明的自己，有些漠然的模樣。中途不小心沉入睡眠，醒來以後，整座車廂裡唯有我一人，而捷運依舊在行進中，彷彿將要通往一個遙遠的地方。

那座無人的列車已經不提供載客，我被它接駁到一個不曾去過的站口，沒有時刻的月臺。我跟隨地圖指示，搭上公車。車身大概很老舊了，一路跌撞著。前方掛著一個沒有數字的鐘，拉環隨著車行而搖動，跑馬燈重複同樣的字句，路燈的光線流溢在窗外，風景不斷退後，身旁十分安靜，沒有一點聲息。

我才發覺，整個車體其實是個缺水的魚缸，而我是一隻擱淺的魚。想起疏離的生活，一切都並不那麼堅定。與朋友相聚交談，散場以後，回到殘破的繭裡面，在暗處縫補自己，學會習慣孤獨，再沒有其他對白。我在夜晚抵達目的地，乘客只剩下我了。

那段時間，有個陌生人經常撥打電話到我的手機，沒有說話，只是兀自嘆息。他是不是想要告訴我什麼。後來，我鼓起勇氣問他：請問，你怎麼了。他沒有回答。但那個瞬間，我竟以為我是在與自己對話。

●

「幻想與讀書，我所獲得的僅有這個。日後這些都是無用的，我是個無用的男人。」──孤獨的蠹魚。龍瑛宗的話如今還預示著什麼呢。

在那篇名為〈植有木瓜樹的小鎮〉的小說中，作為知識青年的主角，他所期盼的願望，一項一項落空。現實的挫敗，理想的幻滅，精神的失落，意義的消散，使他無法紓解，沉默無言。生活鬱暗滯重，慢慢地腐敗下去。

憂鬱體現個體生存的艱難。他過早地透視了自己的一生，明白時不我予的命運。在世存有終將一事無成，有什麼正在不斷失去、失去與失去。

在一場文學座談會上，年輕的研究者談論著他對龍瑛宗小說人物的看法。忽然間他停了下來，然後說：「這不就是我嗎？」便開始哽咽流淚。他在眾人面前語塞，我為他感到慌忙無措，無能為力。

這個年代，失意的藝術家，寂寞的逐夢者，經常在修羅場失敗，關乎人文的一切看似被拋與無用。酒樓之上的魯迅，冬夜之中的白先勇，憂鬱的知識分子究竟想要說些什麼。我很認真地寫了一篇論文，試圖回答這些問題。完成以後，我才明白這並不只是在討論小說，更是關於我的心情記事。

●

某日，我在書房裡發現王尚義的小說，是父親年輕時的藏書。薄薄的書冊，脆弱得像隨時會脫落。落霞黃昏、荒野深谷、異鄉失落。那是苦悶的時代，落寞的年分，一段我未曾經歷過的存在主義歲月。

當年的人們，誦讀過了幾遍〈大悲咒〉呢。小說裡的那三個人在病房與葬禮上，目睹老病與亡逝。他們體認生命的有限與死亡的必然，產生存在的焦慮，因而陷落於精神困境。

面對一切毀滅和腐朽、未生和將死的境遇，沒有人能避免不可承受之重。他們反覆詰問，依然不知如何安頓自我，於是只能漠視著無意義的世界。

我在小說上寫著：人只要活著，就是逐漸死去。

隔日卻又註記著：人還沒死去之前，就是真實活著的。

反覆重讀小說的我，不斷應答著存在與虛無，存在與時間。

●

非常多的日子裡，我總是在黑夜清醒，白日就寢。日夜顛倒，像是永劫般地循環，莫比烏斯的環帶。我在這樣的時區中生活，同時學著生活。

打破了溫度計。遺失了鑰匙串。蒐集擦子的碎屑。忘記服用感冒藥。討厭的烘衣機氣味。與友人在學運會場失散。在演唱會入座時間遲到。

夜晚的街道上，車輛疾驅而過。路邊有一顆氣球飄盪，我一直擔心著它是否會破，於是前去要將它拾起。但氣球隨著風飛走，從街的這一端往街的那一端，直到消失在眼前。雨水墜落，風的聲音越來越大，彷彿置身曠野。我開始向前跑著，並且喧鬧地唱起了歌。

生命有時荒涼，而喧鬧便是我們對荒涼的抵抗。

努力的薛西弗斯，依然過著日子，承接自己的命運。

淚忽然就湧出來。我想回撥電話給那通不願顯示來電的人，告訴他：童年的我，手裡握著一只風車，快速向前奔跑，看著風車轉動起來，就好快樂。

時差

我曾經以為，他人的故事經過光影折射到螢幕上，就成為了動畫。小時候的我，待在三合院的房間，觀看著電視動畫，並且想像自己是裡面的角色。與我同歲數的孩子，已然經歷得太多，那些關於學會或者學不會的物事，都是他們艱難的人生。而故事的場景，大多是在遙遠的日本。

多年以後的我終於到了那個遙遠的地方。歲末前往日本，是為了在一場東亞文學的研討會上發表論文。旅館位於車站旁，初抵房間，我便推開小窗，俯視月臺。乘客上車或下車，列車到來又離去。由於長途奔波，感受到格外疲憊，當天早早就睡下。隔日一大清早，搭乘列車至大學。天空灰茫，下起微微細雨。走向會場的途中，只遇見幾位學生撐著傘，在雨中慢慢行走。

會場的空間迴盪著我的聲音。龍瑛宗。臺灣文學作家。小說人物。知識分子。不知如何定義自身，找不到安頓的所在，導致主體的挫敗。報告完以後，窗外的雨持續飄落。臺下師生舉手發問，場內僅有的光源微弱，我幾乎看不見說話的人。快速寫下腦中閃現的字句，回應的時候卻發現字跡過於潦草，連自己都無法辨識，甚至回想不起來，只好念出論文的結論：個體的被抛狀態，示現著龍瑛宗所經歷與存在的憂鬱時間。

結束發表，再度搭乘列車離開。在列車行駛時，目視外界飛逝而過的風景，這樣的移動讓人感到安心。預定前往的彼端是散落各處的古蹟，列車將我送回千百年以前的時域。《神隱少女》裡，千尋走進廢墟般的隧道，意外闖入神靈世界。她和無臉男搭乘列車時，半透明的幽魂陸續離去。經過數日後，千尋返回現世，當初乘坐的車輛，不過積累了些許塵灰。幽魂與塵灰，究竟是時間的隱喻，還是時間的本身。

平等院鳳凰堂，坐落在碧潭之上，空靜岑寂。當時還有楓紅，但不久之後，它們終將凋零。時間不斷流逝，世間生成寂滅，萬象成住壞空，花葉兀自開落。而守於此地的佛祖如如不動，彷彿從亙古到未來，天長日久，時間如此純粹。我僅是依於因緣進入這裡。人的一念思量，不過時間一瞬的痕跡。我放輕步履，怕驚擾了誰。撿拾一枚楓葉後，便回到塵世。

在宇治川的河岸漫步，看河水緩緩流去，隱沒在遠山之外。不知為何，眼前的景象隱約地感覺熟悉，自己似乎曾經到過這裡。可能是在夢境，也可能是在前世。而又或許，我只是在動畫中看過這裡的場景。

源氏物語博物館休館，使人悵惘。在門外拍了幾張照片，便走往下一個目的地。宇治上神社，據傳是日本現存最古老的神社建築。沒有其他遊客，我於是有好長的時間可以祈願。後來我才知曉，原來自己所造訪的是宇治神社。必須繼續朝著上坡前行，才會抵達宇治上神社。雖然有些許遺憾，但此地的冬日午後，安靜無聲，沒有任何時間表或地圖集，也是無所謂的。

偶然地走入一間二手書店裡，空間狹小，一旋身便會與書牆碰撞。昏黃的燈光，卻給人溫暖的感覺。我伸手從高處拿下一本圍棋棋譜，頁面泛黃，有些灰舊，書裡選錄日本古今名局。我花費大量時間翻閱，最後卻沒有將它買回，因為它本該留在那樣的空間。

我想起《棋靈王》中的藤原佐為，平安時代的圍棋高手。死後徘徊人間，附身在少年進藤光的身上。曾有位棋手向阿光問起，學習圍棋有多久的時間，阿光與佐為同時堅定地告訴他：千年。時過千年，在達到神乎其技後，佐為從塵世消失。原訂參訪圍棋聖地寂光寺，本因坊始祖修行的寺院，卻因時間不足，沒有來得及前往。來不及是我們的常態，千年是神的時間。

翌日，來到伏見稻荷大社，只為一看千本鳥居。所謂鳥居，是人間通往神境的入口，穿過它之後，就是神明居住的界域。使者狐狸守護於此，萬座朱紅色的鳥居，沿著山道綿延而建，宛如時光甬道，遙遠地無法看見盡頭。時序推移，神明聆聽千百年來人們的重重心事。一座鳥居便是一個故事的具現，一則心願的象徵。我在入口踟躕片刻，終究沒有走上去。只在神社前求了御守，繫在背包上頭。

蓮華王院本堂，庭園清空。我脫去鞋子，清淨地走入三十三間堂。千手觀音，菩薩，風神雷神，二十八部眾，在木造的建築中靜默佇立。沒有人發出聲音，連光線也恍若凝止。千尊菩薩立像，面容神態各自不同。傳說中，我們可以在這裡找到與自己相貌相似的菩薩。菩薩低眉，凡人憂苦，一念法性，一念無明。若是找到了，我們是否可以當下頓悟。

在建築進行整修之前，趕至音羽山清水寺。古寺矗立於山間，我一步一步踏著石階而上。抬頭仰望古寺，視線穿越枯枝殘葉，歷史景深看起來沉鬱蒼茫。無論「今年の漢字」殘酷或美好，絡繹的人們依然燒香祈拜，虔誠地祝禱。千手觀音點起常夜燈，許給善男信女一個古都夢。

抵達平安神宮時，夕陽斜照，暮色將至，人群稀落，原來已臨近關閉的時間。我才驚覺，手錶鐘面的顯示，依然停留在臺灣的時區。遲後是時差帶來的徵狀，因為不知時光早已先行降臨。向準備下班的巫女道歉後，連忙掏出布袋裡的御朱印冊，請她提筆留下墨跡，蓋上印章。白紙頁面上紅黑疊映，每一幅都是無法複製的，關於參拜的證據。而神允諾我們以恆久的護身。

在嵐山的夜晚，寒風不斷襲來，氣溫趨近零度。穿著的衣物太薄，躲在帳篷中依憑爐火取暖後，才起身外出。途經渡月橋與天龍寺，走進竹林小徑，光影掩映，恍若迷宮。幾處墓地，和住家靠在一起。我想起讀過的詞彙：聚會一所。生者長居，逝者長眠，那樣地死生同在，無有阻隔。林間一隅，是《源氏物語》中曾經描寫的野宮神社。平安時代的別離，留下曠古的憂傷。光線朦朧鬱暗，神社內景色模糊，影影綽綽，霎時遙遠了起來。物語，物象，物哀，使人專注而傷感。
恍惚之間，竟想起當時寫下的字句。廚川白村說，文學是苦悶的象徵。川端康成說，悲傷是文人的宿命。千年之後，這裡成為守護姻緣之地，是文學以遺憾換來後世的抒情。我們無從明白，這是不是神意的安排。旅程尾端，看完最後一個景點，我不捨地按著原路回返，卻好像沒有那麼冷了。
白日在歷史的遺址中散策，夜晚走過街市裡的尋常燈火，譬若浮生一渡。所有尋訪終將自他方折返初始的所在，如夢境終將醒來，然而記憶可以在其後延續。回到臺灣的飛機降落之時，手錶指針的行進倏忽重返軌道，天際的日光依約落下。此時此刻，光與風與夢，是時間的現身。阿光在棋局中遇見佐為，千尋找回自己的名字。

籤詩

四月過後，我就忘了翻過月曆，生活彷彿止息於清明落雨的時節。我誤刪電子信箱的所有信件，那些送出的問候，忽然之間都杳無音訊。而重讀書籍、文本與筆記，成為一種回憶的方式。

大學時的第一門文學課程，是K師所講授的現代散文選。教室很大，K師遙遠地站在講臺前，解釋著文學何以為文學。我總覺得，他的身上背負著千年的時光。第一次與K師接觸，是在文藝營。K師抵達會場後，我跟在他後方，沿著光線昏暗的走廊，走向盡頭明亮的教室。他的講題是魯迅的〈秋夜〉。

往後，在一門名為抒情傳統的課上，K師作為導言人，談起那日早晨的一場雨。我坐在臺下，聆聽抽象的抒情。然而，最後一堂課，他與我都不在教室。第二次與K師接觸，是在診療間。K師生病之後，我陪同他到醫院看診。接受治療時，K師打坐著，閉目養神，呼吸吐納。他不像病人，而是入定如僧。

進入研究所那年，我成為K師的課程助理，他所講授的是臺灣現代主義小說與現代詩。K師習慣準備授課筆記，偶爾會託我將文字抄寫在黑板上，而我後來又會將它謄寫在文本上。有一次，我所寫下的，正是K師的詩句。

K師的研究室位在靠近城市邊緣的校區。他曾給我一張手寫的書單，託我到研究室尋書。在幾萬冊的藏書中，我發現K師那已絕版的《靜思手札》，然而三冊的《蒙田隨筆全集》，卻只找著兩本。我於是到二手書店，正巧找到缺失的那本。我將它們一併交給K師，而他竟將《靜思手札》放到我的手上，並說：這本書送給你。

幾年前，我為了發表論文前往日本，期間造訪了京都三十三間堂。回來以後，我將求來的平安符交予K師，他開心地收下，並說起關於佛祖的故事。我向他詢問在那裡看見的寫經奉納塔，他便仔細地對我解釋石碑上所刻的「文包法界，字成金剛」，彷彿他才是站在那裡指認文字的人。他確實到過那裡，我看見的一切、沒有看見的一切，他都早已看遍。

三月底的某日，K師撥打電話給我，說家中的網路故障了。我和F於是到K師家中，一面嘗試修理，一面聽K師講課，關於文學、抒情與永恆。然而，我們並沒有處理好，K師如往常那樣說沒關係，並各送了我們一本書，說道：「重要的書要託付給適合的人。」

K師託我在他的臉書上寫著：「這幾天暫時無法發文。除此之外一切安好。」我是K師生前最後一個在頁面留言的人。他離開的那日，我始終不知道如何面對那段話。

助念室中，眾人一起誦經。法師說：念錯也沒有關係，佛祖明白大家的心意。我想著，K師熟讀佛經，他也一定明白，於是便安心許多。其後，法師將K師的牌位安置在菩薩旁。他要大家齊聲說道：請老師就座休息。想起每次離開K師的家，我們總是會說：請老師好好休息。而老師真的可以好好休息了。

●

三月底那日，我和F聽了K師所講的最後一堂課。

我曾在圖書館老舊的文學雜誌上，發現K師的少作。我告訴K師，會將那些重要的文章複印出來給他。由於許多事情耽擱著，我竟未及兌現那份承諾。K師曾託F從國外訂購原文版的《愛默生詩文選》，但它抵達得太晚。我們只能將這本書，放到K師的靈位前。

下雨的某個午後，S師與我相約，託我到圖書館歸還一本書。她翻開《里爾克傳》的最後一頁，在人群之中，輕聲地讀起里爾克為自己撰寫的墓銘。我穿越落下的雨，到達圖書館，將書送至櫃臺。原來，那是K師所借的最後一本書。

●

告別式當天，站在會場後面的角落。恍惚之中，想起許多關於K師的事。

K師經常說起昔往他與臺靜農教授之間的情誼，還有現代主義的文學年代。那些於是成為我記憶中，溫州街的故事。

K師的家中有一幅達摩的圖畫，他曾指著上面寫著的日文說：「人生沒有逃避之所。」

有一次帶K師去看診，他向我借了紙筆，用力地寫下一些字，交給身旁的病人，並且對他說：凝神、收攝、專心。

某日熬夜，直到早晨才睡，終於夢見K師。在他的家中，K師告訴我：「我沒有離開，只是大家看不到我在網路的發文，所以以為我離開了。其實我只是隱居起來而已。」

忽然之間，肅穆的會場裡飛來一隻黑蝶，穿梭在人群之中，像是K師遞來的問慰。

終究要結束了。平安符、書本、文字，隨著火焰，塵歸塵，土歸土。

三月時節陰晴不定，K師會在出門上課前問我：「今天天氣如何？」幾次傾盆大雨，我們幾把傘撐著，卻還是抵擋不住雨水。為此向K師道歉，他卻說：「我沒關係，倒是你們不要淋濕了。」

道別的那天，原來降雨機率極高，竟自始至終都放晴。在春日時節，K師抵達佛國，一切安好。

●

多日以後，再次夢見K師。場景在火車上，K師安穩地坐著，一旁放著他隨身攜帶的黑色背袋。K師開心地與我說著話，直到廣播聲響起，提示即將停靠下一站。他意識到就要抵達轉乘的站口了，於是露出溫柔的微笑，對我說：「再見。」

以往K師總是會從背袋裡，拿出一本古舊的書給我，這次則是我從背包拿出一只厚厚的牛皮紙袋，雙手遞交給K師。夢中的我，明白那是非常重要的文件。或許，那正是我答應複印給他的文章。

這是真的嗎？忽然之間，想起哈利波特曾夢見在車站與鄧不利多相遇。男孩詢問：這是真的嗎？鄧不利多告訴他：「這當然是發生在你腦海裡的事，但為什麼那就意味著不是真的呢？」

●

曾有修課同學寫信質疑文學太過主觀，K師回信答覆以血與墨的辯證：「愛是血寫的詩，因而，詩是血寫的愛。」他也常引用泰戈爾的句子勉勵我們：「世界以痛苦吻我，要求我回報以詩歌。」文學的承諾，我們莫失莫忘。在現代詩的最後一堂課上，我們播放K師的影片。他所講授的詩作，是詩人黑野的〈再度降臨〉。詩意震顫的瞬間，一首詩亦終於完成。

我回想起，在某次聚會中，我們從籤詩餅裡各自取出紙軸。但我已經忘了，那小小的紙張上究竟寫著什麼文句。K師曾經化用《老殘遊記》的句子：「眼前的路，都是從過去的路生出來的。每走一段，回頭看看，就不會迷路了。」後來的我，就將這段話當作是籤詩的密語。多年的時間，步履維艱，但幸而有K師指路，於是在塵霧之中，慢慢能夠看見遠方的光。

輯二、符篆冊

畫符

九〇年代末，世紀交替的前夕，臺灣曾有一部卡通電影《魔法阿嬤》。小時候，父親將我託給阿嬤照顧。我總以為我生活在一個很靠近電影裡的鄉下地方，並且也有著一個這樣的魔法阿嬤。

她經常坐在我身邊，靜靜地看著我將作業寫完。

童年的我十分畏懼黑暗，擔憂夜晚，卻總是著迷於鬼故事。當時曾經傳聞有殭屍躲藏在鄰近鄉鎮的破廟地下室，讓我經常疑神疑鬼，一聽見奇怪的聲響就立即暫時停止呼吸。後來，我得知制伏殭屍的方法，那是在電影中，道士林正英將畫以籙文的符紙，貼在殭屍頭上，它便停止走動。

於是，我要求阿嬤為我畫一張符。

阿嬤不知由何處找出毛筆和墨水，並從神桌的抽屜裡拿出黃紙，然後攤開農民曆，翻到印有符籙的一頁。她戴上眼鏡，凝視那頁面許久，執起毛筆沾染墨水，一筆一畫臨摹，微微顫抖。我在一旁看著，直到她緩緩提腕收筆，將最後一畫寫得較細。

其實我不認得那些符篆筆籙，只覺得那法力很強，使人安心。我將符小心翼翼摺好，放入胸前口袋，緊貼心口。

那時還不會寫書法的我，學習阿嬤的筆畫，謹慎地在書桌上用毛筆複寫了好幾道符。

阿嬤來到我的身邊，對著我說：你在「考大字」。那時，我以為那便是寫書法的臺語，並且認為我正經歷著某種試驗。

太陽將三合院照亮，護龍沉沉睡著，歲月悠然，彷彿永遠一般。

後來我識破那是假的。在知道阿嬤不識字以後，她的符成為了塗鴉，沒有法力。她說要再幫我畫，我卻哭著說不要。面對哭泣的我，她總說：阿嬤痛。

我並不知道，她是說想疼我，還是她心痛。

關於痛，還有那麼一件事。某個午後，阿嬤帶我到田裡採菜，我在一旁玩耍，拾起石頭，在原地快速旋轉，並將石頭拋出。它不偏不倚地砸在阿嬤頭上，流出不少血來。這和接受指責的內傷，哪一個會比較痛？

我弄丟了那張符。不識字的阿嬤所畫的符。

而她依然會坐在我身邊，靜靜地看著我將作業寫完，好像那是她的日常。

阿嬤說，想要帶著我到廟裡拜拜。

廟裡的人們把祈念燃成縷縷白煙，香火在煙的飄蕩裡點上光明。阿嬤的手牽著我，一直向前走，然後在眾神之前，與我一起跪落下來。阿嬤執香，微微一拜，闔上雙眼，開始呢喃起來，向神明傾訴。我也閉眼禱告，恍如和她進入同一個世界，安靜而有光的所在。

我對神明的默禱會比阿嬤早先結束，於是偷偷睜眼注視著她。阿嬤如此凝神，讓我想起她當時畫符的模樣。聽著阿嬤的悄悄話，聽著她不斷把我變成她的語言：保佑阮孫會讀冊、保佑阮孫健康、保佑阮孫平安長大。

阿嬤的訴說把我的頑憨褪去。香灰不斷落下，魑魅魍魎已告退。

這是參透了。

阿嬤行了三大拜，從我手中把香取走，和她的放在一起，插入香爐的灰燼裡。我忽然地感覺到，茫茫眾生裡，我們皆是紛飛塵埃，善男信女，愚鈍或倥侗，虔心禱念，於是落定。

阿嬤拿著香火袋說，裡面有符。

她將香火袋在香爐繞過三圈後，繫在我的身上，彷彿羈絆。

多年以後，我請她再次提筆，寫下自己的名字，然而她卻將字的左右倒置。我也在紙上寫下自己的名字，阿嬤竟依著我的筆跡，寫出三個斜斜的字。我將那張紙摺疊起來，好好收著。

那日，我向她求證，究竟「考大字」意指什麼。她告訴我，從未聽過這個語彙。原來我曾誤解了一些事情，然而，我真的經歷了某種試驗。

那時，我將負笈北上。阿嬤拿出從廟裡求得，一面有平安符、一面有關帝爺畫像的卡片給我，說道:「這會保平安。」

離去之前，車窗裡面，我瞥見阿嬤笑著哭泣，用小孩子方式，以手指拭去雙眼的淚。那好像我從阿嬤的視線，看見小時候哭泣的自己。

高鐵將我送出臺南，與從小長大的地方逐漸迢遠。我緊握阿嬤的符，匆匆忙忙走往人生深處，帶著一種無傷的心疼。

神在

鄉村滬汪的中心是廟宇文衡殿，主祀關聖爺。廟中古老的石碑，刻著建廟沿革。數百多年前，先祖渡海來臺，奉迎關公神像，安置於自宅。其後，鄉民建廟供奉，成為一地之信仰，延續至今。

父親告訴我，阿公曾是宋江陣的成員。關帝廟的藝陣，兼有宗教與武術的特質，得以驅邪鎮煞，護守鄉域。而阿公所配備的兵器，即是青龍偃月刀。當年的他，經常在三合院裡，練習著空拳、兵器與八卦陣式。

童年的我所就讀的國小坐落在文衡殿旁，在成長的記憶中，學業與祭祀共存。廟宇作醮時，學校曾請來教練，將跳鼓陣的技藝傳授予學生。當時我被指派的工作是用水彩畫下廟宇，並且以書法題字。在他們練習之際，我只能在遠處觀望，偷偷記住他們移動的步伐。

摹想著過往在廟埕中表演的阿公，我獨自在空曠的三合院中，演練起那些降魔的武術。我其實不明白剛柔動靜的拳理，橫豎進停的武訣，沒有《一代宗師》裡的眼前路、身後身，那只不過是我自行想像的舞蹈而已。

某日，我與父親在關帝廟前的大路上走著，一輛貨車駛過，我看見棚架內的棺材，忽然感到不適。父親見狀，示意我朝向關帝廟一拜。我連忙轉身，雙手合十，深深參拜。一道氣從胸中湧出，我才從恐懼之中恢復過來。

小時候的我太過膽怯，習慣將護身符繫掛在身上。每次求神，都是祈禱祂們給予自己勇氣。父親經常帶我到一處巷弄裡，找一位道長聊天。我總會在道壇的神桌之下祭拜虎爺，並且一直待在那裡。某次，我向道長詢問自己是否與神明有關，道長說：「你是三太子轉世的。」我於是從神桌下出來，坐到他的身邊，繼續向他追問。

之後，在我的請求下，父親為我製作一把桃木劍。我時常攜帶那把木劍、羅盤與法器，認為自己像是《通靈王》、《火影忍者》或者《獵人》裡的角色，被賦予特殊的能力。當時校園的後山傳聞鬧鬼，我在午休時間獨自前往那裡，在空地上畫下符文，結手印、念法訣、踏步罡，以為可以降妖伏魔，鎮守校園。

長年以來，我一直深信著自己並非凡人。直到父親告訴我：那時道長是哄騙你的。

原來一切只是孩童伐鬼的幻想。

然而回想起來，我卻也因此變得勇敢。

記得阿嬤總要站在小凳子上，才能將香插進懸掛在神明廳的香爐中。某日，我幫阿嬤完成了這件事以後，才忽然意識到，自己已經平凡地長大。

如今鄉村人口一點一點外流，只有關帝爺誕辰時，繞境隊伍走進村落之中，穿梭在每個巷道，才會眾聲喧譁起來。在那之後，熱鬧的聲響隨煙而散，鄉裡又歸於寧靜。

由於祖先與關公神像的深刻因緣，父親得以將祂迎請回三合院的神明廳。我們一家人點香祝禱，祈求平安。其後，我捧著神像，和阿公、父親共同搭上了車，護送神明歸返廟宇。一路上白煙瀰漫，香氣濃郁，那時，我們祖孫三人，都是神的孩子。

我想起多年前的自己，打算繪製一份學校的地圖。父親帶著我沿校園周圍走了一段路，不久後便用鉛筆構畫出平面圖。我忽然明白，我們正站在這張地圖的故事裡。

後來，我與父親走遍滬汪的廟宇，拍攝照片，撰寫文字，集結成冊，記載一個時代的縮影。我們在系譜之內，篤定地書寫這裡的年代與地帶，同時被這裡的時間與空間所書寫。

曾有人說過：「神話是告知我們存在的重要性的方式。」形上的神話，並非是要我們探求究竟與終極，而僅是要我們在心念堅定裡，安身立命。

有一日，我獨自來到文衡殿，沿著迴旋的樓梯，走上三樓，俯瞰著滬汪。黃昏來臨，暮色在遠處天空，逐漸地落了下來，家鄉如此空靜。我將時時虔誠祈禱，偶爾趁著身旁沒有人的時候，手舞足蹈地躍動起來。

這裡有神在，我們都為神所護念。

神的孩子

廟裡白煙飄散，氤氳騰升。我與父親同時坐了下來。

道長拿著裝米的法器，在我們身邊來回搖動，口中喃喃念詞。我想起童年的自己著迷於收驚的儀式，及其驅邪安神的意義，於是在學習單上寫著，將來想要成為一個道士。我總是將求來的護身符，收納在同一個袋子中，隨身攜帶。

儀式結束後，道長凝視米堆的紋理，並點出我的症狀：熬夜讀書，操之過急，過於疲累。高中時期，我已習慣晚睡。父親若在書房前，看見門縫的光，便會輕輕敲門，提醒我熄燈入睡。後來我關上房間的日照燈，只憑藉桌燈的光線念書。而大學以後，總在凌晨到清晨的時間讀書寫字。幾年下來，作息逐漸失序。

年老的道長在我身上擦拭符水，點上朱砂。我朝父親那裡望去，他已失眠許久，頭髮逐漸灰白。小時候的我，曾經常為他拔掉白髮，裝在盒子裡面。

父親自小沉默寡言，彷彿過早理解孤單的本質。阿公擔憂他生病，遂帶著他到廟裡，祈求關帝爺收他為契子。三個聖筊，父親獲得應允，成為神的孩子。長大以後，他成為一名國文老師。

我記得國小老師曾帶著我們到廟宇參訪，並且出了一份繪製門神的功課。我注視巨大的門神許久，才在宣紙上描摹，勾勒輪廓。那時的我還不熟悉水彩，於是請父親為我的圖畫上色。完成的作品，像極了廟門那尊門神。

道長說父親身帶爐光，陽氣重。住家附近的廟宇，曾請託父親在牌樓上書寫楹聯，以鎮守當地風水。學生在校中邪，也由他出面解決。然而作為他的孩子，我卻是個經常恍惚的人。某日，我不知在何處弄掉求來的護身符，沿著原路尋索，但始終沒有找回。宛如鑄成大錯般，我為此感到悵然。

那段時日，父親自律神經失調的症狀愈發嚴重，逐漸導致失眠。我常看見夜晚在院子彳亍的他，還有菸頭燃著的火光。父親深吸一口，菸身縮減，之後緩緩吐氣。可視的霧氣，隨即消散。似乎伸手可及，其實遙不可及。踩滅菸蒂後，他摘掉眼鏡，用衣角擦拭鏡片，再度點菸。

我害怕父親的失眠，是因為我遺失護身符的緣故。我多想與這件事無關，但我多想與他有關。

文章與藥及菸之關係。

後來的我從家中搬出，移居島嶼北部的城市。我趁他沒有留意時，偷取了他一支菸。我亦帶來父親的舊書，逐頁翻閱，想知道與我同年紀時的他想著什麼。而我只發現一張舊書籤，父親在上面勾選著，他最喜歡的書類是文學作品。我沒有找到其他文字，卻像是找到了一切。

我走訪各地廟宇，像彌補過錯一般，蒐集著護身符。城市多雨，灰濛的日子裡，空氣總是潮濕，那支抽屜裡的菸竟慢慢發霉。深夜時刻，我拿了那支菸，並取了一只護身符，走往宿舍路旁的樹下，將它們一同焚燒。熄滅之後，我將它們的餘燼用枯葉覆蓋起來。路燈的微光，無聲無息，讓人靜定。

父親生日時，我回到島嶼南方，並為他買了一個蛋糕，在黑暗的角落，將蠟燭點上光亮。外頭的風吹進室內，依然很大，我伸出手掌護著火光。那天，我在房間找到一個盒子。小時候我為父親拔起的白髮，竟還在裡面。

記憶作為我的再詮釋，無論我所記得的或誤解的，皆在往後的生活中，不斷地重返。我記得某日放學他忘了來接我，我一個人走路回家；也記得那遙遠的以前，我們走在沒有盡頭的沙灘，撿起一顆又一顆石頭。我喜歡讀他讀過的書，穿著和他一樣的布鞋，就連我寫出來的字，都和他十分相像。關於這些那些，對的錯的，其實都好。

我回想起國小時，曾有一份作業必須測量日影變化。我求助於父親，他便在黑暗的房裡，以手電筒作為太陽，模擬其運行軌道，近乎準確地，重現太陽的起落浮沉。如此多年過去，歲月斑駁，物事微渺，但那些光影的痕跡，我從來不曾遺忘。

鄉岸

我在國小年代，最後所寫的一篇作文，是關於漚汪的歷史。老師批閱以後，並沒有將作文簿發還，它們被放置在教室後方的回收箱。因為再過不久之後，它們的書寫者都將畢業，離開漚汪，各自前往遠方。

漚汪是個難以發音的詞彙，使它聽起來就像地圖上業已不存在的地方。這兩個字並不象徵沼澤，而是平埔族的古語，溪邊之意。兩百年前的一場颱風暴雨，讓這條溪河轉流改道，遺留下來的將軍溪，從此失去上游的水源。

而我所居住的村落，有個名為後港的舊稱。村子裡面，曾經存在著一個小河港。但它已經消失蹤跡，不知所終。

我們從小與溪河有關。溪河卻與消逝有關。

家鄉臨海，風總是非常大。童年的我經常在鄉圖書館讀書。圖書館坐落在被喚為飛沙崙的沙丘之上。我想著，那裡的沙，會不會慢慢地被風給吹走呢。

小時候，我在家門前蹲坐著，玩弄地上的沙土，住家附近的小孩來到我身旁，對著我說：我們一起玩好嗎。吃完布丁後，我們拿著空殼刨挖沙土，並且將沙土裝進殼中，再將它倒出來，就變成布丁的形狀。然後，我們將它推散，重新填回原來的地方。

隔日，我到他家敲門，卻沒有人來回應。那日以後，我再也沒有見過他。他們一家人不知何時遷移至他處。無人居住的房屋慢慢老舊，孤獨地存有著，像是歷史的廢墟，時間的殘骸。

漚汪曾經熱鬧。但隨著時代變遷，逐漸地沒落，人口不斷四散。繁華過去，如煙消逝。能回想之物事，皆成無聲的歷史，走向沉寂。沉寂是童年的我對於家鄉的理解。消失不見的戲院，後街廢棄的空屋，不再回來的玩伴，讓我擔憂著，那裡終將遭受遺忘。

我回想起，父親曾將他的懷錶送給我，而鐘面的指針已經停下。不知何時，我竟將懷錶丟失，彷彿遺落一段時光，指針曾經走過的歲代。

歲代迢遙，而在外讀書將近九年的我，離開鄉的日子亦已久長。

超商店員在遞來車票的同時，指著上方的目的地滬汪，詢問著我：你為什麼要去那裡？我說：因為那裡是我的家鄉。然而回答以後，我卻感到若有所失。

長年以來，回鄉總是去了又走，好像抵達以後就要立即折返。每當我從南方北返，總是負馱更多行李離開家中，像是慢性搬家，一次次拿取書籍，置放到一個狹小的房間。我曾以為回鄉十分平常，但在時間流逝中，我逐漸理解，回鄉終究是不易的。

客運上有個孩童，一直詢問身邊的長者：「我們要去哪裡呢？」沒有人回答他。不知是否因為反覆地聽到那句話，入睡的我，夢見在高速公路上，客運不斷地繞圈，卻總是回到原地。醒來以後，凝視窗外，雨絲斜斜落下，玻璃上的水痕交錯成迹線，景色漫漶迷離，一時之間竟使我遲疑，自己究竟是將要返家，還是將要離家。小孩的聲音復又傳來：我們將往何處去？

鄉之於我，到底太近，還是太遠。

某個下午，我在大學的圖書館尋書，快步走過層疊的書牆，不經意瞥見記載家鄉歷史的方志。我抽出那本書，仔細地讀完之後，又再放了回去。那時，我意識到自己與鄉已散落島嶼南北。

在懸宕的生活中，細瑣的碎片，隱喻著若無若有的意義，總在童年將被遺忘之際，使我想起記憶裡的南方平原，以及關於它的艱難敘述。

有一日，我夢見自己和阿公、父親共同畫著一幅關於家鄉的圖。完成以後，站在河岸邊的我，將那幅圖放進水流之中，並且義無反顧地，跟隨著它前去。那個夢境究竟向我喻示什麼。

我與父親成長於同樣的地方。父親考上大學，阿公送給他一只皮箱，讓他裝著行李前往北方。父親畢業後，選擇回到南方，將時間留給了阿公。

父親曾說，自己的心願是回到老家生活。我於是想起，每次他幫我畫的美術作業，描繪的總是他住過的那座三合院古厝。原來我和父親皆如此願望著。古舊的屋厝，消逝的流光，後遺地將關於失落的憂鬱，悄悄交給我們。我們宿命般地走向相同的路途，追逐歷史的時間，眷念老去的鄉岸，於是我們在時空中蹀躞，頻頻回首，而漸漸長大。

學期結束後，我搭上客運，並在車程中不斷看著手機衛星導航，地圖中的我，在路線上朝著鄉之座標移動，我明白自己正在回家。

父親帶著我，沿著將軍溪畔，慢慢地走過鹽分地帶。在溪一側，靈骨塔靜靜佇立，阿公在那裡長眠。溪水流向出海口，夕陽在海平面之上。這或許是我夢中的那條河。

我們從小與溪河有關。溪河與消逝有關，亦與生存有關。

死生同路，存逝共時。

我們在這裡長大，也將要在這裡老去。

多年前，村裡老舊的宗祠進行重建。落成以後，我跟隨父親在黃昏前去上香。父親打開一盞日光燈，細微的灰塵在淡淡的光束中懸浮。我們合掌，向神明與祖先祈念。祂們是否聽見我們凡間的細語，渺小的心願；祂們是否能引渡長年在外的我，回到那一方空曠而無傷的平原。路途迢遠曲折，但遲來的猶能趕赴上。鄉依舊存在於那裡，我們還能回去的。

流徙的人，回鄉的人。

還記得幾年前，校車行經家鄉時，一名同學對著我說：這裡就是滬汪。我像個出神已久，霎時被點醒的人，匆忙地回答道：我知道，我是這裡的人。

潮間帶

有一年的聖誕節，與同學們進行交換禮物的活動，而我所準備的禮物是天氣瓶。同學拆開盒子以後，發現它像魔藥般複雜，於是要我調製好以後再給他。我因而在屋室裡，嗅著奇異的氣味，按照比例混合液體，之後再將它放在窗口觀察。依據說明書的文字，天氣瓶會隨著氣溫的變化，凝出不同型態的結晶。寒冷的時候，晶體是羽毛狀的，而晴天的時候，瓶內會一片清澈。

但是接連數日，都是低溫濕冷的雨天，雲層陰鬱，而晶體始終如雪花狀凝止著。我遂無從得知，天氣瓶是否真正被我完成了。

城市停滯在漫長雨季裡，盆地浸濕在渺茫大霧中。路途迷濛，總讓人不知時刻。大學的教室散落在校園各處，我得撐起雨傘，從一棟大樓走向另一棟大樓，無所謂起點或者終點，只是等待時間將我們自霧路的某處沖離，再流轉到霧路的某處。

雨水飄落的方向不定，視線因眼鏡上的水滴而模糊，只能憑依直覺猜測雨的來向，然後在大風底下，艱難地傾斜著傘來保護自己。風向轉變後，雨也更換方向，未受遮蔽的衣物倏忽之間就濕透，猝不及防。淺淡的水滴將生活變成如此厚重。

夜裡，夢見傾盆大雨中，落下了無數來自海裡的魚。

許多水壺和雨傘，用來盛放或阻擋水的器物，被我逐一弄丟。不知何時，水氣滲進了手錶，遮掩大半的鐘面。縱使知道沒有效用，我依然伸出手指擦拭。看不見指針的轉動，生活好像被擱置在那裡，時光阻滯，止步不前。

某日下課之後，校園已沒入夜雨之中。由於雨傘遺失的緣故，於是在文學院的屋簷下暫時停靠，彷彿擱淺。被雨圍困，視線裡的世界，輪廓漸漸模糊。圖書館的燈光，遙遠而微弱地明滅著。

不知過了多久，雨似乎慢慢地停下。一同避雨的孩子說：「看不見雨，為什麼要撐傘呢？」孩子的母親牽著他走出屋簷，將傘移開，然後問他：「你覺得有下雨嗎？」孩子閉上雙眼，並伸出雙手，讓掌心朝上，說道：「有。」

他們一起走進了夜色裡。置身霧氣中的我，很快就什麼都看不清楚了。

夏季的臺南，天空常是鬱暗的顏色，驟雨落在平原，鹽分地帶逐漸淹起了水，路面霎時消失，看起來像是海。

童年的房間在漚汪老家三合院的角落。書桌是一張方几，沒有檯燈。我習慣在午後聽著音樂，依憑窗外的光線寫著作業。曾經聽說過，人們印象最深刻的歌曲，會是在成長年歲所聽過的那些。我寫字極慢，CD播放一遍後，作業還尚未完成。但音樂和雨聲交錯在一起，而為我所記憶。

有時不小心睡著了，醒來以後，CD不知循環幾次。水滴穿過紗網，碎落在桌面上。鉛筆所寫的生字，微微暈開。用手指輕輕擦拭，作業簿就破了個洞。

搬至佳里之後，我的房間被安排在三樓。窗外是田地，更遠的地方是一座名為北頭洋的沙丘，意為巫山，是蕭壠西拉雅族的巫覡祭祀之地。數百年前的佳里，位於蕭壠半島，在臺江內海與倒風內海之間。那座沙丘，正是由內海吹拂而來的沙所堆積。滄海桑田，曾經的內海已淤積陸浮，海岸漸漸遠去，僅餘沙丘作為過往的殘跡。

時間變遷著，我們都身在歷史的潮間帶。

如今那裡的風還是很大，為了不讓沙土飛進房間，我總是緊閉窗戶。每到雨季，窗外瀰漫著霧，房間裡水氣蔓延，潮濕如海岸。我習慣擦拭書櫃，無論重複幾次，紙巾上依舊有著灰塵，像是浪潮來過而遺留下的沙土。

有一年的雨季，屋頂上淤積的雨水，從天花板細小的縫隙流入，滴落在書桌上，滲進了透明桌墊底下。久遠的相片、童年的畫作、成年的字跡，悉數浸濕，漫漶暈開，終至難以辨識，像是無從證明的夢。在夢和雨之後，空氣的灰塵，牆壁的粉粒，無聲飄落，覆蓋於書本。

在書桌椅上，我發現中學穿著的冬季制服外套。某一個學期，學校宣布將它廢止，理由是它過於厚重。多年以來，它一直被披掛在那裡。只是太過習以為常，讓我忽略它的存在。觸摸它的時候，彷彿還感受到那一年冬天的濕冷溫度。

我穿著那件外套，來到多風的城市，過著蟄居的生活。現在租賃的房間，清晨時分經常可以聽到海浪聲。怕水的我卻十分喜歡海，總以為消失的人事，遙遠的一切，都在海的另外一岸。日安憂鬱，憂鬱日安。而其實那僅僅只是鄰戶洗衣機運轉的聲音。

某日午後，想要洗曬衣物，卻發現罐中已沒有洗衣精，於是打開補充包，慢慢地將洗衣精倒進罐子裡。之後，我輕輕將袋子中的空氣擠壓出來，幻夢般的泡泡，跟隨著風的氣流在空氣中飄著，圍繞在身旁。我伸出手指，尚未碰觸到，泡泡就旋即消失不見。

明明是沒有陽光的日子，我卻沒來由地喜歡在那段時間洗衣服，並且習慣站在洗衣機前，看著衣物在水中浸泡與清洗。水流漩渦停下之後，像是退潮的海浪，慢慢消盡。那時的我感受到，看似凝滯的時間，其實不斷地流動著。我將衣物掛置在房間裡，那樣並不會讓它們提前風乾，但它們的清潔卻使我感到放心。

這些彷彿在海邊的房間，同樣地潮濕浸潤，同樣地需要陽光。多年來的黎明與黃昏，我都會在手機上，觀看島國南北的天氣預報，於此岸顧念著彼岸。因為總是覺得，當我置身某一個房間，其他房間就會靜靜地，下起看不見的雨。

縫補

世紀末九〇年代，村裡的人們早已漸漸走向他方，剩下我們一群末裔，而故鄉將要慢慢地老去。

那時候，阿公有臺農用貨車，僅供兩人座。就讀國小的日子，阿公開著那臺車來接我回家。多年以後，阿公將車售出。中學時的我，第一次搭乘校車返家，站口已抵達，我注視窗外，卻有種陌生的感覺，竟恍惚地忘了下車。

退休後的父親，與阿公在同一片土地上種植作物。父親除草時，掘壞了埋藏在泥土中的水管。水從破洞流出，很快形成一個水窪，不斷湧出泡泡。我拿來盆子將泥水撈出，直到水管浮現後，父親用黑色膠布反覆纏繞在水管的破洞上，一圈一圈地，恍若為病人包紮。

像是隱喻。那陣子阿公經常咳血，父親帶他前往醫院檢驗，醫生指著X光片中的白色小點，判斷為肺部的腫瘤。父親不知該如何告訴阿公，遂將它變成祕密保守起來。

我回想起，小時候我在學校扭傷了腳，走起路來一跛一跛的。阿公站在校門口前等我，我走到他面前時，極力隱瞞疼痛，假裝無傷地，緩緩與他並行。他突然說：你的腳受傷了。關於識破，他沒有說出理由。

阿公曾帶我到田裡，當時適逢耕種期間，我向他要了一粒種子，在泥土上挖開一個孔穴，將種子丟入後填平，然後再從他處偷取一株植物，插入填土的位置，對著阿公說：「看！長出來了。」我們相視而笑，不拆穿笨拙的魔術。

父親決定走赴大醫院，再尋求高明。

那日陽光很大，母親開車，進入大城市中心，父親沿窗景指認路途，阿公忽然說起過往年月。曾經的他為了送貨，騎著腳踏車來到這裡。

時間向前，命運撥逼，未來迢遠不可知曉，而如今我們已在路上。

診療室內，醫生審視斷層掃描片，否定了腫瘤的說法。但他指出心臟附近的血管，由於老化而變得脆弱，致使血管擴張，形成像是氣球般的瘤。他建議盡早進行手術，避免血管破裂的可能。

當天是父親節，祖孫三人在病房過夜。凌晨的時候，颱風逐漸襲來。等待隔日手術時間來臨的同時，等待窗外的風雨離去。

我問阿公會不會擔心，他說不會，走一步是一步。

手術之前，我拍下阿公、父親和我的鞋子。我總以為每個世代都有屬於它的鞋子，大家穿著它們，走上一段長遠的路。

我凝視手術室外的螢幕，每一則姓名後面，都顯示著等待中、手術中，或者恢復中。反覆守望著，幾個小時竟也就過去了。

回到病房後，阿公漸漸轉醒，他指示我開啟電視，並詢問我：「颱風走了嗎？」

我說：颱風走了，雨也漸漸停下了。

出院那日，陽光同樣很大。母親開車，父親在車上沉沉睡去。阿公坐在我身旁，我凝望著他，一瞬之間，竟以為自己是在阿公的那臺車上。我們通往舊時的年歲，走上回家的路途。

二十一世紀初，阿公再度走回田裡，看著窪洞中的水管，並用泥土填平凹陷的地方。我想像阿公施魔法般地將它修復，彷彿不曾碎裂過。

我取來一株不知名的植物，將它種進土裡，對著阿公說：「看！長出來了。」

卮言

阿公在七十歲那年，終於成功地戒菸。在那之前，他會將菸藏在車庫裡，偶爾偷偷地抽上幾根。

阿嬤告訴我，阿公時常到圖書館看書。有好幾年的時間，阿公曾經擔任村長，如今他的辦公室已成為儲物倉庫。有一日，我在裡面發現了一座書架，上頭堆滿了書。

老家門聯的其中一句是：欲振家聲在讀書。當年父親考上大學，家中貧困，阿公遂四處借錢，為他籌措學費。

阿公的話很少，但從小到大，他總是叮嚀我要多讀書。經常在下午，我完成作業之後，他會進房間來，看看我的生字簿，然後和我一起下棋。他知道我容易緊張，在大學考試前，特地寫了一張卡片給我。

大學放榜那日，阿公進入他的房間，拿了一本筆記本出來，並且告訴我，那是他最重要的物品，要將它贈送給我。泛黃的頁面裡，寫著許多工整的文字。阿公說，那些文字是他抄錄的人生道理。我記下一段話之後，將筆記本歸還給他。我以為那太過珍貴，不能收下。

我想著，阿公是否到圖書館裡，當一個讀故事的人，將書籍逐本翻閱，並將文字記載在筆記本裡。

阿公在戰後失學，但自己刻苦讀書認字，練就一手好文筆。父親當兵時，阿公曾以文言文的筆法寫信給他。

多年以後，我才漸漸明白，那是屬於阿公的語言。

而那段被我記下的文字是：來如輕風，去似微塵。

●

過年期間，阿公因心律不整感到不適。凌晨時分，救護車駛進闃寂的村子，將他送進醫院的急診室。我陪同他前去地下一樓照射X光，整個陷入地底的樓層，除了我們以外，再沒有其他的人。

由於身體依然虛弱，阿公住進了醫院。我亦待在醫院之內，連續數日未曾踏出那棟建築一步。白日能從窗戶看到外面的景色，沒有陽光以後，那扇窗就變成鏡子，能看見的只是病房內部的反射，還有病房內部的我們。走出病房，遇上的是護理人員，或者其他病患的家屬。每個人都戴著口罩，猶如面具，看不清樣貌。唯一明白的是，他們是一群與病痛無關，卻也有關的人。

住院數日，外頭寒流來襲。病房的室溫穩定，天氣的意義於我來說薄弱了許多。我感覺不到寒冷，但阿公卻時常顫抖著，體溫有時偏高，有時偏低。內科醫師與外科醫師會診治療，我常隨著醫師的指示觀看斷層掃描片。阿公的病症逐一浮現，出院的時間一再推延。

阿公十分疲倦，除了起身進食之外都在沉睡著。我們定時將他喚醒，把送來的藥錠，一顆一顆放進他的口中。我們告訴他，吃完了藥，才能好好休息。阿公醒來以後，會訴說夢中的情節，反覆向父親確認，那是夢境還是現實，當下是黑夜還是白日。偶爾，他會說起過往的事情。

由於手部的溫度太低，護理師難以測量阿公的血氧濃度。父親握著阿公的手，輕輕地搓揉著，想讓他的手能暖和一點。護理師質疑這樣是否有效，父親沒有回答，逕自傳遞著溫度。

竟是有用的。

慢慢地，阿公的話語開始變為氣聲，從句子退為單詞。我們必須將耳朵湊得十分靠近，才能辨認他破碎的語言。有時候能懂，有時候不懂。阿公逐漸會說出所有人都無法明白的話。散佚的符旨，失去的語意，若即若離，無著無落。

在夜晚時，經常被阿公的聲音驚醒。我問他怎麼了，他的回答卻讓我難以分別，是真話還是囈語。我只能聽聞他的戹言，卻無從理解他的思緒。只有一次，阿公用臺語告訴我：「喘氣，艱苦。」

隔日，醫師巡房之際，指出阿公肺部已有許多積水，才導致呼吸困難，必須進行引流手術。於是，我抱著阿公，醫師與助理在他的背後插入導管，慢慢抽出積水。他們說著醫學的專有名詞，我則聆聽阿公語焉不詳的話，透過氧氣罩傳來。我將被抽出的水倒在洗手臺，頃刻之間就流盡。

我們經常問他，知不知道我們是誰，他總點著頭，然後回答：知道。

阿公不曾遺忘我們。

後來，阿公能說出的話，越來越少。

我從他的表情，理解他全身疼痛，於是翻閱中醫書籍，為他診脈，揉壓穴道，按摩推拿。父親則溫柔地為他擦拭身體，還返清潔。

阿公竟幽幽地說：我的時間到了。

我只能答覆他：快好了。沒事了。

我們都不知道，什麼時候才能好，或者究竟會不會好。

病情時好時壞，日子過得浮浮沉沉。

某日，原來欲言又止的阿公，忽然清楚地，說出他的名字。

阿公是擔憂我們遺忘了他嗎。

他攤開左手掌心，並伸出右手食指，在上頭寫起了字。父親趕緊拿來紙筆，讓阿公寫下想說的話。然而，阿公的手已無力，難以將筆握緊，因而字跡歪斜，我們無法辨識。父親遂問：是不是想回家？阿公點頭。

待在醫院太久了，已習慣將病房稱為房間。阿公在病程中忽夢忽醒，時空錯亂，我則因依循日升日落，逐漸回到正常的作息。然而，重複且無止的生活，讓我總是忘記日期。螢幕中的電影不斷地重播，懸掛的點滴反覆注入又滴盡。我們只等待晴朗與健康，就在醫院中恍惚度過了年節。

●

後來，阿公陷入昏睡，心肺微弱，呼吸漸漸衰竭。總是說病情會好轉的醫師，某日忽然告訴我們，要做好心理準備。

在父親帶著阿嬤探視完阿公之後，他靜靜離開了。沒有痛苦，病房中的阿公終於重獲自由。

氣色很好，看起來像是熟睡一般。

從醫院返家，撤下氧氣罩，最後一口氣消散。脫下病服，換上阿公指定的衣物，停靈於公媽廳，父親都隨侍在側。

那是開學前一日。父親來電告知消息，我立即坐上高鐵回鄉奔喪。身體沉重，像是擱淺的感覺。

回到安靜的三合院已經是夜晚。家人整理出阿公的衣物，準備用於隔日的法事。我認得阿公的鞋子，因為在國小放學後，他總穿著它來接我回家。

在醫院的時候，阿公總是想回家。我告訴冰櫃裡的他：我們在家了。

我們終於在家了。

坐在庭院守靈，深夜的風很大，阿公最後穿著的衣服還晾著。我們顫抖，等候到了黎明。

隔日，道長安置牌位。阿嬤見阿公變成了文字，一直壓抑情緒的她，終於嗚咽地哭了出來。

我扶著她坐回客廳。阿嬤跟我說：阿公的字很漂亮。不識字的阿嬤，竟然懂得。

●

逐日依照時辰點香，無事的時間就摺起蓮花。

散落各地的家族、遷居他方的村民，紛紛回來上香，我們從話中指認彼此的親緣。

每個人對於離開這件事所描述的詞彙都不同：回去、過身、不見⋯⋯

父親日日在庭院中抽菸。

無論坐在客廳，或者庭院的桌椅，都聽得到公媽廳傳來的誦經聲。

某一天，公媽廳的日光燈壞了，忽明忽暗地閃爍著。我爬上梯子，觸碰燈管，附著在上的灰塵飄落下來。更換好以後，室內恢復正常的照明。然而，向下俯視，煙霧緩慢騰升，我究竟看見了什麼？

冰櫃、衣物、靈位，還有阿公辛苦的人生、三合院初建的模樣……

●

阿公曾是關帝廟的委員。他身後所換上的衣服，曾是在建醮儀式時所穿著的。

二十多年前，由於廟身偏低，委員們決定墊高整座建築。工程期間，阿公不滿人事關係複雜，想要辭去委員身分。當晚，關聖爺託夢要他留任，監督工程。

工程完成以後，阿公的名字被刻印在廟裡的石碑上。

阿公最後一次進行心臟手術前，父親與我前往大廟，為阿公祈求平安。手術之後，阿公告訴我們，他看見關帝爺站在身邊，保護著他。

在醫院的某一日，阿公忽然醒來，雙手合十，向前方拜拜。父親和我都知道，是關帝爺來看他了。

阿嬤在阿公的皮夾，找到我們為他求來的平安符，上面有關帝爺的身相。

進行圓滿旬的法事前，父親從大廟迎請關帝爺，為阿公進行拔度與藥懺儀式。

道長讓阿公的魂身飲藥。

我們擲筊詢問：病痛好了嗎？三個允筊。

阿公與病痛無關了，不再艱苦了。

後來，我們在自己的田地，圍繞成一圈，焚燒阿公生前的衣物。

沒有人缺席，一切都圓滿。

●

日曆紙一頁一頁撕去，我們終而悵然若失地，抵達告別的日子。

家祭前，最後一次看著阿公，確實就像熟睡了那樣。我告訴阿嬤：阿公很安詳，我們不能哭。阿嬤聽話地沒有哭。

想要說的話，來不及說的話，都寫成了祭文。我哭著念出那些文字，迴盪在空氣中的話語，模糊斷續。但我堅定而認真地，慢慢將一切訴說完。只因那樣關於悼念的寫作，是最後的告別。

道長說，祭文將會焚燒給阿公。上頭還有我修改的痕跡。

阿嬤說，阿公的相片真美，好像一直看著我們這家人。

我說，阿公要去西方極樂世界，那裡有光有花，無病無痛。

移去了各種布置後，陽光照落下來，三合院又變得空曠。

我們將要回到日常，繼續過著生活。

父親與我將關帝爺迎回大廟。離去以前，我到廟中的石碑旁，仔細地再看一眼，那被刻印在上面的，阿公的名字。

片語

書桌的透明墊下，有著一份我初入國小時所完成的關於家人的作品。我繪製一座公園與一棵樹，並且找來阿公阿嬤、外公外婆、父母親與自己的照片，剪裁之後，將它們黏貼在樹的枝枒。我用力按壓，直到它們貼妥在紙上。那時，我將這份作業命名為家庭樹。

我以為封存在桌墊下，照片就不會有所損壞，一如在那座公園裡，我們彷彿不會變老。可是長大之後的一場漫長雨季，將雨水帶進房間，滲入了桌墊之下。彩色或者黑白的照片，受潮斑駁，微微地模糊了。

那一年的我，在升學考場的教室座位上寫著試卷。尚未作答結束，腦海響起一首並不常聽的歌曲。聲音過於清晰，使我以為考場正播放音樂。我忽然覺得，有個透明的玻璃圍牆環罩著自己，而我在這個音樂盒裡，獨自木然旋轉。

甫從考場離開，父親說要帶我去見外公。一路上我們都沒有說話。車子停在外公家數百公尺外的廟前。那裡有一棵樹，我們站在樹下交談。父親說：外公轉去啊。

轉去，不會再回返。死亡是一瞬間的事，一死便成為永遠。

陽光穿過樹蔭，落在地面的陰翳之間，微量的光線搖動著，像遺落的音符，恍惚而安靜。

我沒有哭，反而問他：為什麼。然而他沒有回答。關於老病亡逝，誰能回答。

外公的離去被家人隱瞞，我成為最後一個知曉消息的子孫。我尚未在玻璃罩內找到出口，外公就已先行走遠。

外公成為過去了，而我未及道別，彷彿被推阻在他的逝世之前，始終無法跨越。我一直錯覺，外公應該還躺在那個晦暗的病房裡。

通向外公家的路只有一條，我卻踟躕不前。而轉過一個彎後，就將抵達。

靈堂搭建在家門前，是為離別所布置的空間，散落各地的子孫都回來這裡。我走向外公遺照前，雙手合掌。落下眼淚的時候，母親急忙過來攙扶，我忽然也就明白，這是接受失去了。外公躺臥的冰櫃裡有著燈光，母親對我說：外公睡得很慈祥。

外公的後事，我缺席了幾天。我在屋室內坐著，與外公之間，隔著一道玻璃門。匆匆進入一場將要結束的喪禮，盡最大的氣力服喪。我用黃紙摺起元寶，長輩告訴我，多摺一些，外公認得我們的指紋。

外公在醫院裡住了許多年，我們常在夜裡被病危通知驚醒，去理解與死亡相關的衰竭、感染、敗血，並且學習祈禱，朝著空無的地方拜了又拜。

加護病房的開放時間和探視人數固定，我們必須在門外排隊，穿著醫院提供的衣服，輪流進入像是玻璃罩的房間。加護病房沒有對外窗，缺乏陽光，因而特別的冷。我牽起外公失溫的手，反覆搓揉。如果外公認得我的指紋，會是在這個時候嗎。

由於外公呼吸能力漸衰，醫師為他進行了氣切手術，因為如此，他已然無法言說。外公的意識有時清晰，有時模糊，我們向他說話，他或者點頭，或者呆望。沒有回應的獨語，陷入長長的沉默，冷寂之中，聲音逐漸被吞沒。我不知曉他是否明白那些話語，只覺得語言彷彿終止，病房成為意義的廢墟。

我們會在外公睡著後悄悄離開，因為他若知道我們將離去，便會伸出手挽留。最後見到外公那日，我在確認他睡著以後，輕聲走出病房。沒有料想到，外公竟向我揮手，像是說著再見。

醫生數次交代子女準備後事，外公卻又奇蹟般地撐過。但是最後一次，到底無法閃躲。

母親決定，縫合外公的氣切傷口。撤去點滴與插管，外公終於鬆綁。

頭七那日，學醫的舅舅說：外公回來了，有藥水的味道。

整個家族的人站立在靈堂前，法師手握佛珠，敲著木魚。我們持拿經書，隨他一同誦經。難以識讀的梵譯中文，竟從我口中念了出來。我們祝福，我們送行，引渡外公，前往西方極樂。在那個無傷世界，外公會從所有病痛中解脫。

外婆整理出外公的遺物。它們全數在火焰之中，慢慢地化做煙塵。

終是到了告別式。我在手臂繫上白布條，與外婆坐在樓梯口。她說：我沒事。而我明白，沒有說出來的，比說出來的還要艱難。

柩棺裡，外公著深藍色服裝，像要出席隆重場合。最後一場了，是屬於他的。

兒孫輩弔祭，我們同時跪落下去，沒有誰在模仿誰。

外公離開之後，就將要過年。我被派任收拾人們甫哭過的地方，並且貼上春聯，仄起平收。

看著外公的照片，發現那與家庭樹上的竟是同一張。我像往常那樣想說些話，而有些遲疑，但忽然地想起法師曾說，離開塵世的外公，已能聽懂所有塵世的語言。

魔術時刻

童年的夏日午後，外公曾帶著我到一座大型迷宮前。灰色重層的牆垣，空間拓樸，圍攏無數活路或死路。我獨自進入裡面後，在短暫的時間之內，就順利走了出來，而外公停留在原地等待著我。後來我攀上圍牆，俯視迷宮的內部構造。沒有任何人在裡面，宛如古老的廢墟，積疊著厚重的埃土。我忽然驚覺自己所走出來的通道，原來是入口。我其實並沒有穿越那座迷宮，而只是在相同的路徑上折返回來而已。

外公是唯一明白這個事實的人。

我回想起，外公曾與我一同走入超商。店員點燃一支菸，外公伸手接過後，大口地抽了起來。回家路上，遇見外婆，外公便偷偷地將菸藏到身後。他是這樣缺乏病識感地將自己送進醫院。

由於氣切手術的緣故，外公不能說話。躺在病床上的他，無法起身，指著空無的上方，有氣無力地做出嘴型：有鬼。

病房太過安靜了，我於是將電視開啟，讓它傳出光影與聲音。外公臥病期間，我時常坐在醫院裡看魔術表演。電視裡的魔術師是否知曉，他正變著魔術給醫院裡一群孤單的人們觀看。無人干擾的病房中，我想通了許多魔術的謎底。我學著練習魔術，或者，練習像是魔術的事情。

將一張紙牌，放進牌堆裡，它會返回第一張。

瓶蓋輕輕碰觸水瓶，它會穿透玻璃進入裡面。

用手指摩擦著硬幣，讓它消失於空氣之中。

凝視觀眾的眼睛，猜測出他心裡所想的物事。

打開筆記本，裡面預言著觀眾選擇的數字。

我毫無疲倦地對著鏡子練習這一切，想要向外公展示。然而這一切都沒有表演給外公看，我僅是觀視著鏡中倒映的自己。魔術師知道所有的祕密，但是沒有觀眾，魔術只是魔術師日常的演練。而這些寂寞的遊戲，最終都只跟自己有關。然而，我沉浸於那樣不為人知的魔術時刻。

那段時間，我會在午休時輕聲離開教室，來到最高的樓層。氣窗沒有關閉，我於是攀爬上去，跳入空無一人的舊教室。陽光輕柔穿過窗簾，我任意挑了一張桌子坐上去，練習著魔術。巡邏的老師突然闖入，他不可思議地看著我，詢問我如何進入教室。我欺騙他：門沒有關。他並不相信，而是要我將鑰匙交出來。我說，我沒有鑰匙。

我從來就沒有那把鑰匙。

他的視線一直停留在我身上，好像深怕我偷藏了什麼。

幾年過去，我只會一樣的戲法，撲克牌卻不知在何時遺失了一張。外公離開以後，我所準備好的表演，過去沒有實現，未來也再不會完成，那些魔術原封不動地被保存著。沒有人專注觀賞，沒有人鼓掌歡呼，沒有人破解質疑。它是誰也不知道結果的演出。

某日，我夢見了外公，他在我的面前，倏忽之間變成了一本書。

醒來以後，我在書桌底下，找到了那張遺失的撲克牌。

魔術師說：魔術受到兩樣物事的啟發，宗教與夢境。

哲學家說：神話可以被解釋為對死亡現象頑強的否定。

魔術是神話，是虛構的真實。它的內核，終究是要與死亡辯證的。

外公生前經營的店面，白板上謄寫一些帳目紀錄。以往每隔一段時間，我都會偷偷地擦掉文字的一小部分。外公住院期間，我便不再這麼做了。他離開以後，那些深淺不一的文字，已無關他人，就只是外公所留下來的，可以看見卻無法撿拾的遺物。我再次伸出手指觸碰，年久日深，它們已不易拭去，好像本就刻在白板上那樣。

另一個白板上，有著家族通訊錄，那是我在年幼時寫下的。對年那日，通訊錄上的人都回來了。神桌旁的牆上，掛放許多家族合照。我們紛紛站上椅子，靠近黑白照片，指認裡面的人。我想起母親說過，她的名字是外公所取的，但外公卻念錯其中一字的發音，直到老師告訴她，她才明白正確的讀法。然而多年以來，外婆呼喚母親時，依舊使用那個讀錯的發音，母親亦將錯就錯，以童年的記憶，留住已逝的年月。

雨季來臨的時節，母親領著我，踩過泥濘，走進靈骨塔中。她交付我一把鑰匙，要我開啟安置外公骨灰罈的櫃子。

彼時我才知道，我一直擁有那把鑰匙。

塵世裡，近百張桌子上，各自安插幾炷線香，火光微亮，陣陣白煙紛湧而至，像極魔術的場景。外婆說：你站在這裡，外公才找得到。我霎然理解，死生之間，竟是如此靠近。

這裡沒有鬼。這裡一切祥和。

並非外公找到我，而是我找到外公。

我們終能共享魔術時刻。

外公陪我走向迷宮的那個夏日午後早已遠去，只是我時常想起。獨處的時候，我經常演練著當年那些魔術，關於抒情的技藝。很久以後，我明白外公才是施展魔術的那個人。在魔術時刻裡，我抵達迷宮出口，外公凝神望著遠方。我知道，他已抽完了一支菸。

狐狸

八歲那年，我將狐狸帶回家。命名與豢養。

我會將餅乾放在手上，以魔術手法欺騙狐狸。牠經常被我捉弄，偶爾卻聰明地猜對。

某日，在書桌旁入睡的狐狸不見了，沒有躲藏在桌椅下方。我循著樓梯向上，發現牠正在頂樓處，等待著我去找牠。原來牠是在練習爬樓梯，卻還學不會下樓。後來牠有時會獨自到二樓，安靜地睡著。

牠十分害怕打雷的聲音，我陪牠一起躲在桌底，等候雨過天晴。

我們經常與牠一起散步，總是跑在前頭的牠，會轉過身來，看看我們有沒有跟上。牠最喜歡在草原上奔跑，自由自在。

姊姊曾帶著狐狸，走進山間的佛寺裡。一名尼姑前來說，狗是不能進來的。姊姊連忙抱著牠離開，我向尼姑說：佛渡眾生。

二十歲那年，狐狸離開了。去到一個遙遠的世界。

那是秋天，氣溫逐漸轉涼的節候。一早，帶著大量的疲倦，前往一場位於山城的研討會。教室內部空氣沉悶，由窗戶看去，外邊世界白茫茫，像整個盆地的霧氣都籠罩到那裡了。斜斜的雨飄落，放在腳邊的雨傘還濕著。

天色逐漸暗下，客運內部的燈光亮起。五個小時以後，我終於在深夜抵達南方平原。

我問起：狐狸在哪裡呢？父母親都說：「睡著了，真的睡著了。」

我跪坐在牠往常躲藏的桌子下方。但這一次是再也找不到了。

醫師為牠開的藥還沒有吃。碗裡已經沒有水。狐狸喜歡趴睡的枕頭上，還有牠的味道。

姊姊說，牠在即將失去呼吸之際，腳卻還在動著，像是跟著誰的指引而前行。

他們將狐狸載回三合院老家，告訴阿公阿嬤。長年以來，狐狸在我求學的時間，代替我陪伴著他們。

其後，帶著狐狸前去火化。家人說，牠的骨灰是白色的，那代表牠沒有病痛了。深夜時候，外面一點聲音也沒有，一點光線也沒有。我將家門鎖上，意識到有什麼事物霎時終結了，因而無法停止地流淚。我害怕時間流逝，狐狸的味道終將漸漸散去。

我已忘了，最後對狐狸說的話是什麼。我沒有好好地向牠說聲再見，就匆匆離開家裡。

徹夜抄寫七遍經文，將一切迴向予狐狸。

隔日，我們前往樂園探望狐狸。狐狸是最早去到那裡的小狗之一。牠的塔位朝著家鄉的方向。在佛祖身旁有著一盞屬於牠的光明燈。

我雙手捧著骨灰罈，告訴牠：我們來看你了。那時忽然明白，我們都是大千世界的塵埃，如此輕微。我不停撫觸著它，讓它布滿我的指紋。

我們布置塔位，稱呼它為房間。母親說不需要玻璃罩，因為狐狸從小最怕被關起來。父親剪貼好狐狸的照片後，將它貼在骨灰罈上方，看起來十分有精神。

當時有個奇異的念頭，想要搬到那個明亮清潔的地方，將空著的塔位當作書櫃，將每一本書都安穩地放上，陪著狐狸讀書。

第五日，我在臺上朗讀一篇自己的散文後，一名觀眾問我：「你年紀輕輕，真的懂得死亡嗎？」我不懂得死亡，以及一切關於生命之沉滅。就因為不懂得，所以如此憂傷。狐狸離開以後的日子，我每夜寫下非常多的字，追問人間必然的生死。

第六日，姊姊夢見了狐狸。在一座金色的佛殿，狐狸跑在前頭，帶著她循著樓梯，一階一階向上而去。一個不小心，狐狸忽然踩空，將要滑落之時，有一偌大的金色手掌伸來，托住了狐狸，並且護持著牠。佛渡眾生。狐狸已在彼岸，西方極樂。

第七日，我收到了一個禮物盒。將它打開後，看見了狐狸。牠在我身邊來回穿梭，我感受到熟悉的溫度和味道，還有熟悉的溫度。而我在夢裡，就已經明白那是夢。記憶棲止之所，狐狸真實地存在著。

開學北返以前，全家人在老家的田裡，回到日常。夕陽落下，風起之際，我們不哭。只想起狐狸教會我們的，那些關於珍惜的物事。

光陰憂鬱

多年以前的美術課，老師要我們描繪自己。我畫了一個站立在街口的稻草人。他所看見的，只有遙遠的落日光線，還有拖曳斜長的影子。除此之外，沒有其他人。我想起李渝的話：「所有認知過程都是憂鬱的。」

之一

童年時代，父親曾牽著我手，走到搭起棚子的庭院路前。他深深地嘆息，放下我的手，然後下跪，雙手扶地，緩緩向前爬行。許多大人跟他做著相同的動作。棚下站滿了人，但他們讓出一條路，讓大人們有足夠的空間爬行，通往內廳。屋子裡的外曾祖母，安靜平躺，像是沉入睡眠，沒有人去喚醒她，也沒有人能喚醒她。

我脫掉阿祖的鞋，父親又為她穿了回去。

第一場參與的告別式，是不懂告別的時候。

那是阿嬤長大的家，在老家的隔壁村落。偶爾，我會到那裡，推開沒有上鎖的門，進入神明廳，點香祭拜。

之二

親戚結婚時，舅公囑咐我寫下賀聯。我在書桌前提筆，將字寫在紅色的紙張上，親戚小孩們圍繞著我。沒想到我竟將最後一個字寫錯了，一群孩子們都慌張起來，不知道該如何是好。

多年後，在一門課程中，為了還原某個遊行的歷史現場，我被指派書寫布條。一大片白布不容易買到，舅公卻不知從何處幫我取得。我用毛筆在白布上書寫極大的字，竟有一種寫著輓聯的感覺。

已許久沒有見到舅公。有一天聽父親說，舅公罹患失智症了，但他卻還記得如何搭乘客運，回到老家。然而，他在家中一直哭個不停。

幾日後的早晨，舅公在睡夢中離去了。

之三

三合院的其中一側，是五伯公的家，裡頭有一個大書房。曾祖父所熟讀的關於中醫與堪輿的線裝古書，都被收藏在那裡，而當歷史教師的堂伯，也在其中置放大量書籍。在我就讀國小時，五伯公曾耗費長久的時間編寫族譜，並吩咐我以書法在封面題字。

我在族譜中，看見許多認識的名字。

三合院的隔壁，是大伯公的家。某日，忽然聽聞他離開了。我們到一座聳立在田野之中的靈骨塔，等待儀式的進行。我站在人群之外，對於這一切感到空茫。

遇見親戚小孩時，我問道：你阿公呢？她伸出一隻手指，指向天空的位置。

我順著她指去的方向，抬頭望著暗下來的天際。而天際之下，許多的墳，散落在田地裡。

族譜中老一輩的人，慢慢地離去了。

之四

阿婆是阿嬤的好朋友，她的家就在三合院的後方。童年的午後，她經常來找阿嬤聊天。即使阿嬤不在，她也會獨自坐在竹椅上，靜靜地待著。

有時候，我會到她家的庭院玩遊戲。某日，我偷偷進入她的家裡，她在房間裡睡著。我不忍心吵醒她，於是又悄悄地離開了。那是第一次，也是最後一次。

忘記是從什麼時候開始，我沒有再見過她。聽說，她的身體漸漸衰弱，因而被送進了療養院。

後來，再次聽見她的消息，已經是關於她的後事了。那棟空房不再有人棲居，不再有人回來。

之五

阿公在載我回家的路上，指著村裡的一座小山丘說道：那裡住著一個巫婆。

我當時認為那是阿公編造的故事，因而沒有繼續追問關於巫的傳說。

後來，有位住在山丘附近的女同學告訴我，那裡真的住著一個巫婆，而她們曾有過頻繁的往來。

我問她：你還會去找她嗎？

她回答：她早已不在人世了。

這是一件記憶中的舊事，也是一件巫的遺事。

之六

我曾經畫過一張村裡的地圖，路線極其簡略。我將它送給一個十分要好的同學，邀請他來我家一起玩遊戲。同學並沒有來，而就算拿著那張地圖，我想他也始終找不到這座三合院。

三合院旁有座魚池，池子的底面總是長滿青苔。我和父親將裡面的魚撈出來後，拿著清潔用具將青苔清除，並且注入乾淨的水，再將魚群放回去。只是過了幾天，青苔又長了回來。我們每隔一段時間，就會進行這樣的工作。後來我們理解，這件事情是沒有意義的，遂不再這麼做。

午後，我經常一個人，在空靜的三合院騎著腳踏車，繞著圈圈迴旋打轉。不遠的地方，草木零落，枯葉上掉落幾隻空蟬。不知道為什麼，院子裡非常安靜的時候，會有一陣像是蟬鳴的聲音，讓人憂悒。

某個略帶寒意的夜晚，忽然下起雨，我撐起傘走到外頭，尋找散步的家人。四處張望，只見遠處幽暗的路面，卻看不到他們的身影。

大家都去了哪裡呢，剩下我一個人惶惑不安。

輯三、文體簿

疼痛

桌面被你弄得凌亂，不同顏色的筆、寫滿字跡的數張紙頁，還有好幾本尚未讀完的書籍。然而更多的是，你修改草稿的擦子屑，以及無數不知何時掉落的頭髮。它們死去，而你不斷活過來。

你總是習慣回憶，那些關於存活的事情。你身上的幾道傷痕，是時光切面的投影，像是按鈕那樣，一經碰觸便開啟疼痛。痛與夢有時是同一件事，它們會從現在指向過去，也會從過去指向現在。你總是記不得夢的起始，也無法想起痛是如何終盡的。

中學的生物課程裡，老師曾講解人體醫學的知識。關於心房心室的血流，你無心留意，卻深刻地記下了一點：痛覺不會麻痺。也就是說，痛覺不會說謊，它們千真萬確。

你猜想自己是一個屬於痛覺的人。

那時，僅存的意識感覺世界在晃動，你努力將眼睛撐開，看見許多陌生人群來來往往，他們多數穿著白色衣服。你發現自己缺乏說話的力氣，像一個沒有被設計對白的角色，無法言說，只是逐漸下沉。

痛的感覺讓你醒來，你緊緊咬合牙齒，緩和頭部的碎裂感。你在床上，父親母親都在病房。

你才甫升小學。黃昏時你與你母親外出，她去雜貨店，你在店面旁與一群小孩遊戲，你們互不認識卻玩得盡興，使盡氣力搖晃所攀上的鞦韆。母親呼喚你回家，你卻告訴她，再過一會兒，便會自行返家。

可是你並沒有回去。你在盪鞦韆時跌落下來，頭部嚴重撞傷，在地面留下了血灘。送往醫院後，在手術過程中被縫了數針。你沒有勇氣伸手觸摸頭部的絲線，因而至今你依然不清楚，當初傷口究竟破碎在什麼地方。你甚至不記得那場意外的發生，然而後來的故事卻始終未完待續。

點滴裡面雖有止痛藥，但效用不明顯，那晚你因頭疼而無法入睡。病房裡沒有開燈，微弱的光線從窗簾的縫隙透進來，你看見母親在躺椅上沉睡著，而想起了你沒有兌現的承諾。你想呼喚她卻沒有說出口。你感到深深的歉疚，而這種感受與頭疼並存，它們漸漸消去界線，最後變成同一種定義，彷彿過早地，為你的生命注解。

時間離開以後，總會拋下一點什麼。它為你留下的是痛。痛在你的感覺系統裡寄存許久，是醫生所謂的後遺症。你無從抗拒，於是將它當作命運，承受下來。往後的你幾乎每晚痛醒，只能蜷曲身體，緊抱棉被，暗自忍痛，撐過最痛的臨界以後，你才能再度睡去。

不知道從什麼時候開始，頭疼漸漸從你的知覺裡褪去，但父親以另一種形式為你還原痛覺。就讀中學的某個夜晚，他出了車禍。醫院的病房中，你見他在睡眠中緊皺眉頭，額頭上有黑色縫線，縫線像是虛線，卻是實存的。你想像著針線扎進肉身之中，然後再抽離出來，反覆進行。你撫摸自己的頭部，沒有找到任何傷疤，卻忽然感覺到疼痛。

那段時間，老師注意到，你的手總是不自覺地拉扯與搓揉頭髮，像是一種焦慮的表現，他問你為什麼，你卻說不上來。那感覺很痛，卻又舒坦。

你想起父親，並猜想是不是因為注定受同樣的傷，你們才會被縫合在一起，頭上的傷痕是你們的共同宿命。而未來的他會不會和你一樣，將痛包覆進了人生。你開始躁鬱，情況越嚴重，拉扯頭髮的力量便越大。

當年你住院時，想抽菸的他告訴你，吸菸室正好在隔壁房間，若是感到無聊可以敲敲牆壁，他會回應。時間過去許久，你朝著牆壁敲了兩下，同樣的聲響像是回音般傳來。你透過聲音確認他的存在，想像他在另一側，用左手拇指食指夾菸，右手掌按壓在牆上，於是你將耳朵湊近，輕輕倚靠在牆。某次你敲擊時，聲響並沒有回傳，你感到失落。他不久後便回到病房，你卻也沒問他去了哪裡。

多年以後，在只有你們兩人的電梯裡，空間緩緩升起，你問起他為何抽菸。他說，為了紓解壓力。你又問，抽菸是什麼感覺。「感受到活著」，他連想都沒有想便回答，彷彿他早就知道，你會問他這個問題。而會不會，你拉扯頭髮的行為，也是無意識裡，想要找點事情做，無傷地提醒自己，你還活著。

你告訴他，你厭惡菸的味道。小時候曾趁他不注意時，偷吸了一口菸，燃燒的火光朝你前進了一些，難聞的氣體使你嗆得嗚咽。然而長大後的你，卻從抽屜裡找出他的菸盒，取出一支菸，並模仿他持菸的動作，將菸含在嘴裡，假裝抽菸似地，深吸了一口。彼時你才發現，父親持菸的姿勢，和你搓揉頭髮的方式一模一樣。這些那些皆是種命運承襲，你們不約而同地相應。

就連車禍也是。高中的某年，你騎乘機車，載著小狗，在村裡穿行。轉彎時煞車不及，車身翻覆，你摔向地面，小狗則立時跳車，躍進了一旁的水圳中。你將牠抓上來，牠全身泥水卻毫髮無傷，搖著尾巴以為你在玩遊戲，迅速跳上車，示意要你再往前騎去。

那日，你的雙掌布滿一層傷口，母親說要幫你洗頭。當頭髮被撫觸時，你又回想起多年前的那場痛。你睜開眼睛，凝視滴落的水流，泡沫在其中慢慢地暈染，然後捲入漩渦，像極了儲思盆。

你回想起，老師曾要你們在課堂上作畫，描繪出生命中最好的時光。你在白紙上畫下了父母和自己，在草原上快樂地放著風箏。老師卻指著你的畫作說：風箏飄飛的方向和風吹的方向不一樣，這是不合理的。

世間有許多物事本就是不合理的，但它們依然能被安放在人生之中。當年的鞦韆因你而撤除，但父母在你的房間放置了一張搖椅，你經常坐在上頭，雙腳離地，將它作為鞦韆盪著。同時，你會閱讀一本自己喜歡的書，書頁夾縫中有頭髮，那是你的一部分。它們死去，而你不斷活過來。你復又拉扯著頭髮，感覺著疼痛，以及存在。

夢的解析者說：「疼痛都是在記憶完整表達之後才肯消褪。」然而，痛其實是不會消失的，它們一直在那裡隱隱作用，如此真實。時間遠走，生命老去，而你成為記憶的拾荒者。你選擇以痛作為記憶的載體，於是痛變成你對生命的指認與印證。也許有一天，你將忘卻一切，但在那天抵達之前，你會努力記得，如何痛並快樂地生活著。

虛詞

童年時代父母曾經叮嚀我，若是吞下口香糖的話，就會死掉。有一天，我坐在搖椅上擺盪著，不小心吞下了已經沒有味道的口香糖。我哭著告訴他們：我快要死了。他們說：不會的，因為那是欺騙小孩的話。

是長大以後才明白，話語並不一定只是真的或假的而已。

文字學的老師，曾在黑板上寫著幾個文字：「這句話是假的。」

接著他詢問我們：所以，這句話究竟是假的，還是真的？

我想起經常看到的句子：假作真時真亦假，真作假時假亦真。

真假虛實的還有鏡影。很多年前，在中學的物理課本上，我畫下不同的面鏡，以及光線反射之後的虛像或實像。當時，我買來了一只鏡子，每日在鏡中觀察臉上的感官。它們模樣正常，命運卻異常乖舛，各自承載病史。

某日，跪在地上收拾書包，胳膝壓破了那只鏡子。也是那一天，我發現在嘴唇內側，悄悄生長出一粒水泡。它位於牙齒靠嘴唇之處，稍一碰觸便疼痛起來。起初我以為它是抵抗力不足所導致的，因為它總在熬夜後脹大，補眠後縮小，周而復始。牙醫師開藥，交代我按時塗抹。

我看著鏡子裡的我，將藥膏塗抹在嘴唇上的水泡，直到確認藥量均勻分布。這動作重複再重複，水泡在藥的療效下逐漸縮減。但漸漸地，藥效開始失靈了。水泡在縮至某個程度時停滯，如一層漂浮於水面的汙塵。

醫院裡，父母陪我走向候診室。

在診療椅上，醫師開啟過亮的燈光，照向我疼痛不止的嘴唇。審視的時間極短，他立刻診斷是囊腫，並且要隨即動刀切除。

他交給我一面鏡子，指著囊腫，說明時間拖延已久，能看見的僅是冰山一角，無法看見的地方，已經積累成一大塊了。總是如此，我以為我看見的，其實並沒有看見。

我倚靠在櫃臺填寫手術同意書，像簽訂某種契約。我仔細看著紙上每一個條目的醫學名詞，所有的可能，都讓人憂懼。

疾病名稱：腫瘤。建議手術原因：可能病變。

手術風險：手術後有可能復發。可能造成永久性神經麻痺。

護理師提醒我在每個條目後簽名。

「我了解這個手術可能是目前最適當的選擇，但是這個手術無法保證一定能改善病情。」

我開始懷疑，這個「我」究竟是誰，他堅決而確定地表述諸多聲明，我只能同意並跟隨畫押。他無法代表我，而我卻不能違抗他。主體形同虛設，只有病情是真的。

「基於上述聲明，我同意進行此手術。」

我簽上自己的名字。

護理師說：你尚未成年，還需要家長簽署同意書。

父母確認了這份手術契約後，我立即被呼喚，坐上診療椅。

手術燈下，醫生手執麻醉針，將針頭深入嘴唇內側，劇烈的疼痛從被刺穿的孔洞間湧現，而後倏忽就失去知覺，除了麻痺，感受不到其他。護理師遲來地在我臉上蓋上手術洞巾，或許是開刀的畫面，未成年者不宜。

雖然看不見，卻能聽到醫生進行手術時，使用器具的聲音。嘴唇被切開後，醫生說了手術過程中唯一的話：生長得很深。他拿著剪刀，切除著我的部分肉身。然而，由於麻醉藥的關係，使我無法感受疼痛。

術後，衣服上沾有血漬，將乾未乾的模樣。

一個星期過後，父母將切片檢查的結果告訴我：已經沒事了。

那段我僅能喝涼粥的時日裡，麻痺的感覺逐漸褪去，疤痕慢慢癒合。

本以為一切已安然無事。

半年以後，嘴唇的相同位置又生出水泡。我於是相信腫瘤復發，再一次巢居我的體內。

我想起有一種魔術手法，被稱為錯誤引導。魔術師將觀眾的注意力引導至其他地方，以遮掩某些祕密的事情。會不會醫師與父母早已知道那場手術其實是無效的，卻刻意對我欺瞞了真相。

我轉動擺在桌面上的沙漏，具體的時間不斷落下。在某次的凝視裡，忽然發現沙粒竟然靜止不動，我用手指輕輕一敲，沙漏的運行恢復正常，時間遂又開始流動。

魔法世界裡，那名活下來的男孩，面臨將死的命運時，輕聲地說著：我快死了。時間本就隱喻著消逝，而我逐漸靠向死亡。我感到害怕，同時思忖著，究竟要長得多大，被本質定義、或者從來沒有本質的人們，才能接受死之必然。

我再次向醫院掛號，以核對生死。

車輛在雨中穿梭，窗外大霧迷茫。而玻璃窗內的自己，十分憂傷的模樣。我躲入父母所撐的傘，走向醫院。生命的渡口，回頭無岸，讓人感覺空惘。

我還沒有練習好如何面對死亡。

診療室內，醫生用手指反覆按壓我的嘴唇內側，然後告訴我：沒有，找不到。我觀看鏡子，嘴唇竟是完好的。那復發的腫瘤，就此消失蹤影。而我原先看見的，或許只是內心的恐懼而已。

父母說：你已經沒事了。

我已經沒事了。

我步出醫院，再一次躲入父母所撐的傘，離開醫院，前往遙遠的他方。

當然在遙遠的他方，不會永遠都順遂無事，生命艱難，眼淚與嘆息早已在前，等候我抵達。這些話語，只是為我許諾一個溫柔的未來，並且免去可能的傷害。

呼息

在很小的時候，母親發現我總是以口呼吸，鼻腔成為被棄置的器官。也就是說，我的呼吸方式是錯誤的。

醫生診斷，我罹患的是鼻竇炎。診療室極大，就診的患者與陪同的家屬都集中在同一個空間。除了醫師的桌燈以外，那裡並未開啟日照燈，人們只能憑藉窗外透進來的光線看到彼此。我坐在椅子上等候，護理師交給我一盒面紙，並且告訴我：「等一下會哭喔。」她將塗抹紅色藥膏的棉花棒，輕輕地放入我的鼻腔之中。

疼痛使我忍不住哭泣，頻頻抽取面紙擦拭眼淚。在病人群裡，我是唯一的小孩。失去隱私地，我們依靠在一起落淚。不分年齡地，我們都為了要正常呼吸而哭泣。眾多的家屬圍觀著我們，他們的眼裡所看到的，或許是水族箱裡掙扎換氣的魚群。

哭完了就會好了。我於是以為自己痊癒，就此無傷，可以安穩地呼吸。

成長的一部分，是從一所學校到另外一所學校，去理解陌生且漫長的生活。我穿著原來的校服，初次來到那個班級的第一天，就成為突兀的人。教室位置在校園邊緣，另一側照來的陽光多半被大樓遮蔽。睡不著的午休時間，冷氣機運轉的聲響很大，我習慣將外套蓋在頭上，手指摸著制服的摺角，讓它刺進指甲縫裡。

當時班上幾位同學接連出現喘不過氣的症狀，教室裡迴盪著努力吸氣的聲音。保健室的護理師說，這種症狀稱為過度換氣，大部分是由於心理焦慮所引起的反應。

而我漸漸地發現，自己也似乎無法吸進足夠的空氣，總有缺氧的感覺。當我越是注意自己的氣息，越會干擾它運行的頻率，使呼吸成為一件疲累的事。

醫院的醫生說，這種症狀稱為鼻中膈彎曲。鼻中膈偏離本來的位置，使得鼻腔的空間不足，造成呼吸困難。若是持續拖延，狀況將越發嚴重。他於是迅速地安排了執行手術的日期，要我空下時間。

我取消了預定參與的戶外教學。當日一早便前往醫院，黎明的晨光微微地穿越霧氣。我看見同學在等候著校車，準備開始旅程。他也看見了我，我趕緊別過頭去。

躺臥在病床上，護理師詢問了我的名字。在核對身分的同時，她發現我與她的兒子是同學，以及我缺席了戶外教學的事實。

醫師讓我吸入麻醉藥，醒過來的時候，我已經在病房之中。沒有紗布包紮，鼻子在藥效退去以後，開始作痛。

醫生將切除的息肉與骨骼展示給父親看。它們已是壞死的細胞，是剝離自肉身的碎片。

從戶外教學歸返的同學們，相約來醫院探視我，我卻欺騙他們自己已經出院了。回到學校之後，同學用驚訝的表情凝視著我，因為外表並沒有任何傷口。

往後三個月，母親每週固定帶著我至醫院回診。診間位於走廊的盡頭。醫師在燈光之下檢視傷口，並且在鼻腔內塗抹藥膏，因而呼吸時總是充滿藥的氣味。

那段時日得提前起床。天還未亮的無聲時刻，母親將藥稀釋在水中，並透過儀器，將水緩慢地灌入我的鼻腔之中，浸泡著傷口。我在朦朧的睡意裡，凝視鐘面的指針移動，數著延滯的秒數，有著沒入水中的感受。

母親說過，童年的我曾在沙灘上，跟隨著浪潮，忽然地衝進了大海。

藥水鹹鹹的味道像極了海水，或者眼淚。反覆進行的過程中，天色漸漸亮起，我也慢慢清醒過來。

鼻腔有些疼痛，結痂隨著水流掉落下來。它其實是一道一道具體的傷疤，是手術的後遺，亦是復原的證明。

這些身體的殘餘物，上面還有凝結的血塊。

我想起父親曾說，母親生下我之後，由於血崩的緣故，一度住進了加護病房。那時的我一定哭泣著，因為嬰孩哭泣的瞬間，便能開始自行呼吸，哭於是成為生命存在的初始。有人說過，嬰孩出生總是哭泣的原因，是他知道降生於世，將要面對的苦難太多。

我來到世界的時刻，與生與死都那麼靠近。

小時候，母親常到外地出差。我拿著一張母親的照片，卻不小心弄破了它，畫面碎成兩片，我因而不斷哭泣。大人見狀，為我將照片黏合起來，竟像是沒有破損一樣，譬若復原。而復原是需要流淚的。

手術之後，呼吸依舊時常不順。往後每一次感冒看診，我總會詢問醫師，為何呼吸如此艱難。醫師們的說法一致：部分吸入的氣體在鼻腔內部迴旋，被自身所抵銷了，也因為過敏的體質，季節交換時，鼻腔分泌過多黏液。

某日，我發現落淚的時候，能夠輕易地將黏液擤出，於是明白，哭竟然有助於我的呼吸。哭完了就會好了。哭是為了呼吸。要生活下去是不能不哭泣的。一次的哭泣，換來一次正常的呼吸，才能抵達更遠的人生。而後，將眼淚拭淨，動作彷彿洗滌。

涉溺

我一躍而下，沒有絲毫猶豫。但父親比想像還遠。

那時，空氣闕如，我努力睜開雙眼，藍色的水面，有暈開的光圈。我試著用雙手撥動水體，向上尋求呼吸契機，卻無法從水中脫離。

我瀕臨窒息，距離死亡很近，吐出的氣體變成無數泡沫離我而去，我伸手去抓，它們卻不斷從指縫間滲出。

一切癱瘓，我遂沉下去。將失去意識的時候，看見父親游來。

其後發生的事，我已不復記憶。然而，水中的瀕死經驗卻留下巨大的恐懼。由於不諳水性，每每遇上學校的游泳考試，我總是千方百計想要逃開。

泳道狹長，彷彿一道難以跨越的裂痕，我只能反覆在中途停下來換氣。老師對我說：你的換氣很不好。我猜他想說的是：你的換氣看起來很像掙扎。某次老師要求全班進行水母漂，以作為水中自救的測驗。所有人皆成功漂浮，僅有我一人不會，雙腳緊緊貼靠在泳池底面。老師留我獨自在泳池角落練習，一個女同學問我：只有你不會，會不會覺得很丟臉呢？

聽聞有些溺水的人並非用力掙扎，而是靜靜站在水中。而我是否溺水。

有的時候，重複做著一樣的事情，也不會有所進展，而只是徒然。我不僅無法漂浮，甚至身體沉落，蜷曲地側躺於泳池底部。磁磚冰冷，水裡空蕩。我試著在水中說話，他人遠在水面之外，太小聲的話沒人聽見。我與浮世疏離，彷彿沉沒在更深的地方。

我前往診所，請求醫生開立診斷書，以證明我無法下水游泳。醫生說：很難，因為你沒有看得見的傷口。

那看不見的傷口呢。

曾在夏日的水圳戲水，潛入混濁的水中，看見深陷泥沼中的魚，同時發現自己也受困而動彈不得。後來想起，那其實是長輩告訴我的經歷。我總將別人的故事，當作自己的故事。

也曾看見海底有隻黑色的魚，渴求氧氣，於是努力往上游，想要離開寒害的深海。但是在海面之外，大片的灰雲籠罩著，暴雨墜落，人間也是另一片深海。後來發現，我就是那隻黑色的魚，從出生就掉進了海。我總將虛構的夢境，當作真實的人生。

室內泳池格局封閉，只剩我一人即將接受考試。上身赤裸著，過冷的空氣不斷圍攏而來。聽聞哨音，我深吸一口氣，然後潛入水中，雙手環抱雙腳。

水中靜謐。我緩緩睜開眼，發現自己竟漂浮起來。但氧氣逐漸耗盡，我的手越抱越緊，逸離的氣泡是訴說不清的話語。那時，載浮載沉的我，看見父親泅來我身邊，如此靠近。

有段時間，父親幾乎每月看診。我從未在那個鄉下的診所，看見其他患者，父親是唯一的病人。他在病歷表中填寫著：睡眠呼吸中止症。夜晚不規律的呼吸，容易作夢的體質，像是溺水。長年以來，他無法擁有平靜的睡眠。我陪同他進入診療室，再將門關上。醫生把脈時，父親閉起雙眼，緩慢呼息。我跟隨著他吸氣與吐氣。

之後，醫師沒有為父親的症狀作出說明，僅開了好幾包藥。我為父親將膠囊顆粒分裝在透明藥盒裡，提醒他按時服用。

那晚，我和父親躺在同一張床上。房間裡只開一盞小燈，光線淺淡。父親因為失眠，想換個方向躺睡，於是他將頭擺向床尾。

我記得關於自己生命的記憶初始。彼時，我張開雙眼，便看見父親，彷彿自那一瞬刻起，時間就開始了。在床上的他沉沉睡著，我們皆蜷曲身體，以相反的方向躺著，我的腳可以碰觸到他的腳。於是我承襲了他的一切，顯性與隱性。

困難的生活如溺水，而溺水是我們共享的隱喻。我在水中睜眼凝視，卻難以將一切看清。潮濕的感覺如潮汐般，一次又一次使我泫然欲泣，淚意卻十分溫柔。

父親的身影安穩地存在，聽聞他的鼾聲輕起，彷彿塵埃落定。我們的呼吸，以著相同頻率。時間緩慢下來，恍若靜止，像一個沒有人會來吵醒的夢。

我闔上雙眼，眨了又眨。忽然之間，看見窗外的天光來臨。矇矇朧朧，我不知曉自己究竟有沒有睡著。只是感到輕微的喜悅，關於世界為我們留下的，那一道輕柔而無害的光。

診候

住處附近的醫院施工許久，分不清楚它究竟是要整修還是拆除，使我錯覺自從搬遷至此以來，它就已經荒置了。翳暗的外牆，與冬日的陰天一起成為了灰色的背景。某次搭乘計程車回到住處，司機忽然指著醫院說：這裡很少有人來了。

我回想起自己曾因遺失健保卡，而詢問住處附近的所有藥局。每位藥師都告訴我：今日沒有失物。我於是走進那間醫院。正午時分，卻已經沒有人跡了，醫師和病人都不知去向。正打算離開時，原來亮著的日照燈忽然一一暗下，代表診療的時間結束了。我穿越廊道，走出無人的醫院。

後來，我進入校園，一名老人忽然叫住我，對著我說：你的呼吸很不順。我還不知如何反應，老人就叮嚀我：你要早點睡。隨後他兀自離去，走進一棟建築：植物病理學的系館。

原來我是一株待診的植物。

識病

童年看診，並非使用健保卡，而是一本簿子。像是作業簿，每看過一次醫生，便在其中蓋上一個章。曾經天真地想著，蒐集的印章越多越好，卻忘記那是用病痛換取而來的。當時固定去某間診所就診，那裡總瀰漫著一股藥物的味道。走廊特別狹窄，我坐在時鐘下，等候醫師呼喊我的名字。

由於總是學不會吞藥，因此長久的時間，都只能搭配開水飲入藥粉。但是含著藥粉太苦，我決定改服藥粒。嘗試過許多次，吞下藥粒時，它經常卡在喉嚨深處，我需要非常用力，才能將它吞進去。

藥師遞上來的藥袋中，有一瓶藥水。藥水喝完以後，我用它當作水瓶。午休睡不著時，我偷偷拿出藥水瓶，喝著些許的水。被鄰座同樣無法入睡的同學看見後，我連忙告訴他：這是藥。他說：才不是，那只是水而已。

我用外套蓋著自己，閉上眼睛。

散視

是從什麼時候開始，已看不清視力表上符號的缺口，還有黑板上老師寫下的字詞。不知不覺，良好的視力逐漸衰減，終至戴上了眼鏡。

我用手電筒照射自己的眼睛，以為這可以讓自己恢復視力。父親前來阻止，並且告訴我，那樣眼睛會壞掉的。

因為不習慣眼鏡這項多餘的器具，起初我總是將它扔在書包裡，致使近視逐漸加深。或許是用眼過度，眼球不時震顫，短暫數秒之內，視線無法聚焦。

遲來地接受眼鏡後，又經常覺得眼鏡沒有戴好，世界是微微傾斜的。於是如強迫症一般，反覆脫下又戴上。

有一日，郵差按鈴，呼喚我拿出父親的印章簽收。我從書櫃中，取出所有的印章。然而，卻遲遲無法辨別那些篆體。郵差對著童年的我說：可惜你戴這支眼鏡，不識字又有什麼用。

陽光底下，所有物事與文字皆潰散，散光般模糊焦點，逐漸失去了形狀。

牙疼

口中有一顆蛀掉的牙齒，它逐漸陷落成為黑影，積重難返。牙醫說：蛀得太深了。他為蛀牙抽出了神經。這意味著，這顆牙齒已經沒有知覺，再也無法感受疼痛。

日後，牙醫陸續摘除五顆牙齒。騰出空隙來，處理咬合不正的問題。

其中一顆拔下之後，血流不止。隔天醒來，枕頭還留著血漬。

矯正器以鐵絲繫連，將每顆牙齒拉扯到正確的位置上。我每天對著鏡子觀看牙齒，等待空隙慢慢消失。

拆除牙套的那天，牙醫提醒我，剩下最後一顆的智齒，一定要摘除。否則，它在生長的時候，會推擠其他牙齒，破壞原有的秩序。

我沒有聽他的話，沒有再去找過他。

一顆牙齒在時間裡無聲移動，悄悄偏離軌道。我經常用手去按壓，想將它推回。然而，牙齒文風不動，卻在手指上留下一個印痕。

多年後，牙齒出現一些裂痕，後來我才知道，那是曾經填補蛀牙的材質，年久日深，逐漸地變了顏色。它們並不是傷痕，而是對於傷痕的修補。而今，它們看起來，卻又像是傷痕了。

坐鬱

作為學生多年，我有大量的時間坐在桌前，讀書、寫字、趴睡。長年坐姿不正確的緣故，總是感到背部不適。我在書籍中尋找相關的經絡與穴道，手指摸索位置，或輕或重地按壓，試圖止息疼痛。

經常求診中醫。在診所等候時，我習慣看著一個布滿穴位圖的銅人，猜測自己在哪裡受了傷。醫師望聞問切，指出氣血瘀積膏肓穴，這種症狀稱為坐鬱。在小隔間內進行的診療，通常是針灸與推拿。劇烈的疼痛後，背部逐漸舒坦。醫師開了中藥，要我按時服用。

學業生活與調養身體相關。醫師說：讀書累了，記得起身走動，否則又會鬱傷。我細讀放在藥袋裡的處方箋，想要明白，什麼是鬱，什麼是傷。

書桌上瓶瓶罐罐的中藥粉，起初還記得服用，後來便經常遺忘。剩下一點的粉末，由於受潮而結成塊狀。我在浴室中，將自來水灌入瓶內，用力搖晃，直到粉末溶解在水中後，再將它們倒在洗手臺，然後看著這些不同顏色的藥粉，光怪陸離地從漩渦中慢慢退去。

負痛

十多年前，父親曾經擁有一座池塘。他在裡面養魚，育植荷花。某日，他赤腳在水中行走，不小心踩到了碎裂的玻璃，流出大量的血。

手術之後的幾個月，父親都必須倚著拐杖行走，步履緩慢。

許多年過去了，父親忽然感受到，當年受傷的位置，又開始隱隱作痛。經過醫生檢查，才發現當時有一小塊玻璃，沒有取出，竟還留在父親的身體內。

人生路上，我們總難以避免受到傷害。

國小某年，同學在散亂的放學隊伍彼此嬉鬧，忽然有人推了我一把，我向一旁跌摔，撞上失修破裂的瓷磚。並沒有感到生氣，也沒有感覺疼痛。我重新走回隊伍裡，同學不可置信地指著我，我才看見左腿的表皮綻開，髀肉漸漸地流出血液，沿著小腿流下，白色襪子沾染鮮紅的顏色。

手術房裡，衣物的血跡已經轉為褐色。主治醫師對實習醫師說：讓你來試試吧。我躺臥在病床上，看著日光燈照下。傷口處已然麻醉無感，醫生正來回穿針引線，要將近乎剝離的皮膚，重新縫合回肉身之上。

手術過程十分順利，但腿上留下了一道長長的傷疤。如今，傷疤的顏色沒有褪去，還能見到當年修補的遺痕。而我已經離開了那行隊伍，奔逃到傷害更多的世界。也沒有想再追問，當年在人群中，誰是那個無心的人。

池塘已經荒廢，隊伍也不知所去，我們卻都還帶著傷害，背負疼痛，在人生路上繼續行走。

傷口

老師在課堂上，提到脈搏這個詞彙。左手診血，右手診氣，辯證病因。回家以後，我在手上反覆觸摸，才逐漸找到手指應該擺放的位置。往後，我每日為自己把脈，猜測脈象平順或紊亂。

有一日，我在把脈時，發現右手食指指緣上，浮現了暗黃色的膿，輕輕觸碰，就引來劇烈的疼痛。時間漸長，病原體增生擴散，而細胞正在頹壞死去。

我隱瞞這件事情許久才告訴父親。父親診視，立刻拿來縫衣服的針，消毒過後，就著檯燈的光線，刺穿皮膚表層，將黃膿壓擠出來。痛感隨著腐敗的汁液流出而消失。靜待幾日後，被戳破的傷口已經癒合。

當時家中有一個醫療保健盒，放置藥物，以及消毒與包紮的用品。那陣子，我經常將它攜帶在身邊，期待自己可以為他人醫治。

某日，玩伴在路旁摔倒，膝蓋的傷口滲出了血。我模仿父親的診治，為他塗抹藥膏，並用紗布包紮起來。其後，我與他繼續行走。

才過一陣子，紗布慢慢鬆脫，終於掉落到了地面。

創痕

同學擁有一枝特別的鉛筆，造型是針筒的模樣，上課的時候，他假裝自己是醫師，將鉛筆輕微地刺進了肌膚裡。他知道我十分喜歡，於是將那枝筆贈送給我。我珍惜地將它收進了鉛筆盒。

放學以後，我用那枝鉛筆寫著生字作業。我寫字特別慢，總要在格子中反覆塗擦與抄寫。休息之時，我玩弄著那枝筆，竟不小心將筆頭刺進左手大拇指的指甲底下，於是在內側留下了一點黑色的筆痕。

某日，我乘坐在母親的機車上，從巷子口竄出的車輛撞上了我們。其後，我發現左手小拇指的指甲脫落了下來。感到刺痛之際，卻暗自惋惜著，若換成大拇指，就能擦去那黑點了。

指甲底下的黑點，像是史前遺跡般，在沉積的地層中被冰封起來，如今依然清晰可見。它提醒著我，寫字是多麼需要專心的事。

本影

白日，母親開車載著我，將要前往的地方是學校。霧霾瀰漫，世間蒼茫，視線未明，看不清路途方向。我留意到玻璃車窗上，總有一塊雨刷觸碰不到的地方，沾滿長年累積的灰塵，趨近於半透明的霧面。我伸出手指擦拭，卻只是碰到玻璃內緣，隱隱約約留下指痕。

夜晚，父親持著手電筒照向夜空，發出的光束，像是投影在星座之上。我忽然想起自然課本裡，太陽、月亮與地球的相對位置，如何影響光亮與影子。我出生於舊曆年之末，新曆年之始。那些宇宙間關乎紀時的物理學，會不會同時也是現象學，主體與客體，我與事物與世界的關係。

是從什麼時候開始，我變得害怕說話。

曾經在一門課上，老師稱讚我：這位同學表現得很好，勇於表達自己的意見，值得學習。

接近學期末，同一位老師，在即將下課時說：這位同學表現得很好，整堂課都沒有跟別人說話，值得學習。

那時候，我逐漸發現自己的內面，譬若影子。

●

長大的過程中，總有許多天真的以為。以為每隔一段時間，錄影帶的內容就會改變，於是不斷地重複播放與倒帶，期待著那一天到來。然而那一天始終沒有來臨，反而是人們不再觀看錄影帶了；也以為用手機鏡頭錄下手電筒的白光，播放那段影片，就能夠用等量的光度照亮遠方。後來才明白，那只是一段關於光的影像，而無法發光。

曾在他人家中留宿，深夜之際，無聊地看著無聲電視，忽而轉到某一頻道，顯示的影像是公寓一樓的監視器畫面。我凝視黑白螢幕許久，拿起掛在牆壁上的對講機話筒。螢幕裡的警衛接起電話，但我沒有發出任何聲音，便迅速掛上話筒。電視中的他，與現實裡的我，是處於同一個時空嗎。他是在我撥打電話之後，接起了我的電話，又或者那只是一段預錄好的影片，時機恰當地播放給我這般無聊的人看見了。

太過無聊的時候，會趁著家裡沒有人，偷偷地撥打卡通廣告顯示的號碼。語音答錄中，會以卡通人物的聲音，向我提出問題。然而，無論我說出什麼答案，另一端的他總是告訴我：「很可惜，這個答案是錯誤的。」我明知答案正確，但並不覺得可惜。有一次，我向卡通人物說：「你好嗎？」然後沒有等待他回答，就掛上了電話。

不作無聊之事，何以遣有涯之生。喜歡的顏色是黑色，於是就用毛筆沾上墨水，將側背包染成黑色。將電燈的開關按了一半，想知道是否光線的亮度也只有一半。關上冰箱之前，從縫隙窺視裡面的燈光，將在何時暗下。坐在雨中的客運，一邊看著總是無法播畢的電影，一邊猜測暫棲於玻璃窗面的雨，哪一滴會先落下。

●

高中的校車行駛到我所在的站口時，座位已經不夠了，因而在前往學校的路途中，我都站在走道，一手握著拉環，一手捧著課本，這樣的日子持續了數個月。我並不感到疲累，只是害怕車上過冷的溫度。當時我的清潔工作，是在一條昏暗的走廊拖地。雨天時，走過的人都帶來雨水，地面濕滑，我總是擔心著別人在這條走廊上失足跌倒。

某日，一直注視著凹凸不平、傷痕累累的桌面，猜想曾經使用那張桌子的人，多麼喜歡拿著鉛筆反覆刺進木質桌面。由於整日未曾抬頭的緣故，因而忽視被抄寫在黑板的文字。隔天所有同學都穿著運動服，自己的制服顯得格格不入。於是那日，我蹺掉幾門課，悄悄走進位在地下室的圖書館。看守圖書館的職員沒有留意到我，也沒有同學詢問我為何在上課時間消失了。

有一陣子的體育課，我時常躲到球場邊緣的巨大水塔後方，在校園圍牆旁，透過滑蓋式手機的微小螢幕，讀一些無關課業的武俠小說。武林中人總愛感情用事，動不動就要生死以之。武林早已逝去，所謂江湖就是整個世間。我既喜且悲，多麼認真地，要理解世間的愛與不恨，恨與不愛。等到鐘聲響起，才又默默回到隊伍。

那所學校有一個特殊規定，考試期間，所有學生必須將書包放置在集合場。某次段考後，我忘了將書包取回，午休時突然驚醒，遂走出教室，看見集合場上，唯有一只慘綠的書包。空曠的彼方，還有著什麼永遠遺落在那裡。回想起來，為什麼那些考試的時日，從沒有下過雨呢。如果下雨的話，誰要來為這些沉重的書包撐傘，還是任憑它們淋濕受潮。

生命教育的課程安排了成年禮，我們在一座山裡過夜。那日的夜晚，我們集合至小房間，各自在地上坐著。裡頭沒有開燈，只有講臺前點著燭火，光線黯淡，誰也看不清誰。老師點了我的名字，要我說一段話。我不知道該說些什麼，卻忽而說出：「人必須承認自己是孤獨的。」有些同學在說完話以後便哭了。黑暗之中，不停地傳來啜泣聲。在那場儀式裡，我們通過成年的邊界了嗎。

不久以後的畢業旅行，同學都在營火晚會觀看表演。我離開人群，走進森林散步，途中被隔壁班級的人遇見，他用手機的微光照著我，向我打招呼，卻講出了錯誤的名字。後來，手機收到一封簡訊，顯示有人留言，我於是撥打電話到語音信箱。是有人正在找我嗎？可惜的是，那封留言卻是沒有聲音的。結束旅程後回到校園，一時遺忘了，那日該搭乘的校車究竟是哪一輛。還在尋找的時候，校車一輛一輛地駛離，剩下我獨自一人。

忽然之間，我們竟是畢業了。彼此告別，隻身前往他方。不再需要每日穿著制服，背起書包，搭上過冷的校車。我懷舊地回到校園，集合場偌大而空蕩，像曲終人散那樣。以前的班級旁邊，還有個小房間。我總在晚自習時，躲進那個萬應室，並且小聲地唱著歌。教室改建以後，經過了重新布置，那個空間彷彿隱沒，已不存在。我們最終失去了教室。

●

大學校園裡有一則傳說，已經流傳了數十年：只要能夠找到躲貓貓社的社長，你就能取而代之。至今沒有人找到他，會不會，其實我們都是他。尋找的同時，等待著被尋找。

某年的文藝營舉辦在校園，我被安排在夜間教育的其中一個關卡。地點位在校園邊緣的一棟屋子，那裡平時不會有人經過。我的工作只是待在屋後的暗處，看著遊戲是否順利進行。學員們蹲踞在盆栽前尋找線索，找到了便前往他處。圍繞著我的是更多廢棄的盆栽。由於太過枯索，我便靠在牆上睡著了。醒來以後，所有的學生都已離去，只剩屋外的燈泡亮著。看起來什麼事情也沒有，但某些事情，確實在我看不見的時候發生了。

那幾年的宿舍房間在走廊的盡頭，窗外是一顆陰翳的樹，總是遮擋住陽光。屋內潮濕，書桌上的物件經常長出黴菌，就連衣服也是。物件要重複擦拭，衣服要不斷洗曬。隨著學期更迭，會有一個人離開，再將另一個人旋轉門般地換取進來。從不在白日出門的室友，不在寢室過夜的室友，終日面對著螢幕觀看電影的室友。後來還有一個申請了宿舍卻未曾出現的室友，他的位置始終空著，我擅自將書一本一本放到無人使用的桌面上。

生活總已與書本相關。某次在圖書館地下自習室讀書，抄寫筆記時，數次被周圍的人要求寫字小聲一點，我才發現自己不應該待在那裡，因而上樓，走到很少有人會經過的書架區，並且坐在地上尋書。忽然有一名奔跑的女孩，輕巧地躲到書架後方，另外一名男孩快步走來，彷彿尋找著什麼。他們竟是如此認真地玩著捉迷藏，彷彿沒有看到我，我於是成為躲得最好的人。從圖書館借出絕版書籍後，我走入影印店，複印幾篇珍貴的文章。動作太過熟習，其他人以為我是店員，而紛紛將紙張遞來，請我為他們裝訂。

某日清晨，走過微亮的校園，空氣還有點冷。我到一個僻靜的地方，準備領回被沒收的腳踏車。因為太早抵達那裡，負責的人員還尚未到來。在像是廢園的處所，杳無人煙，不知道該做些什麼。也是那一天，我搭乘公車前往他校參加講座。結束以後，一同前去的朋友突然消失。我一個人慢慢走下山，搭乘公車回到宿舍。到站時，我驚訝地發現，去程與回程，搭上的竟是同一輛公車。

長年以來，由於熬夜，已習慣在黑暗中移動，甚至能閉上眼睛，在大片的闃黑裡，熟悉地爬上自己的床位。大學畢業前夕，在外頭租賃了房間。連再見也來不及和室友說，就在午夜沒有車流之時，從宿舍揹著厚重的書，以及過活的物什，就著路燈，悄悄搬運到住處。載書飄流，來回移動數十次。無人知曉的游牧，卻得小心翼翼遷旅。

●

獨自散步時，發現街道上沒有任何人影，路面淨空，才想起當下已進入防空演習的時段，於是躲進超商裡頭，就地避難。陌生的人們坐在地面，各自滑著手機，沒有交談。短暫的例外時間，彼此在這個空間相互倚靠。跨過了那段一刻鐘，所有人就紛紛經由自動門離開，四處逃散。

沿著熱鬧的街，就可以走回住所。住所位在街道的最邊緣處，路在這裡止盡，人群在這裡消失。我經常在深夜，走進附近的超商。有的時候，店員不知去向，我會在書架區前看起書來。有次結帳時，店員忽然語重心長地對我說：「人生凡事都要小心。」我想他只是需要與別人說話吧，凌晨的超商太孤單了。

某個夜晚，我到超商列印將要繳交的報告。那名店員將零錢找回給我時，告訴我他就要辭職了，於是對我說：「再見。」我匆忙離開，無意間回答：「不會。」穿越自動門以後，我才意識到自己說錯了話，並且發現由於停電的緣故，所有路燈都暗下。回頭望去，店員坐在門口的階梯抽菸，霧氣騰升又散失，看起來十分孤獨。整條街僅有的光源來自他身後的日光燈，我忽然覺得剛才去的地方只是一個夢境而已。

●

有一年，難得參與跨年晚會。身旁有一個平臺，已有多人站在上面。最後的倒數時刻，我試著爬上那座平臺，尚未站穩，就有人將我拉下。負責維護秩序的工作人員告訴我，再有人站上去，將會十分危險。聽著他說那些話的時候，周圍開始歡呼，煙火的光亮被平臺上的人群遮擋。我在過於喧囂的聲音之中靜默著，倏忽度過了那一年。

那日，與朋友們一同住在旅宿房間。大家十分疲累，沒有交談太多，就各自睡下。鬧鐘的聲音忽然敲破沉寂，我醒過來以後，所有的朋友都已悄悄離去，在桌面上留下道別的紙條，我於是感到空落。我們分別去到不同的人生以後，便不再相聚。聚時歡喜，散時冷清。

我想起國小的時候，老師要我們畫下自己的星座。童騃的我還無法理解遙遠光年以外，星圖裡的魔羯，因此任意描繪一隻並不實存的動物。牠在孤獨的星球，闃靜的荒原上，隨著光影兀自成長著。

物事背後，光線被阻攔而抵達不到的地方，是內面的影子，而影子的內面，還是影子。那些影事，像是虛詞一般，承載意義的海市蜃樓。淡漠而無聲地，記述著虛構與紀實，殘忍與慈悲，甜美與暴烈。

易碎品

幼稚園的美勞課上，我不斷堅持著，白色的蠟筆可以將畫錯的地方予以塗改。園繞著我的同學們都不相信，我於是拿起蠟筆，畫在黑色的太陽上。顏色並沒有恢復，而是開始模糊，直到天空與湖泊已經暈染在一塊了，黑色的太陽依然兀自照耀著。我的手還是不停地畫，同學們紛紛散去，紙張皺摺起來。整張圖畫看上去，是下著暴雨的樣子，與教室外的天氣相同。

那日我誤穿了別人的雨衣，並在上頭用奇異筆寫下自己的名字。發現以後，親戚拿出一罐藥水，倒了幾滴，塗抹在雨衣上，便輕易地將字跡消除。後來我在美勞作品上寫錯了字，再次向他詢問那種液體時，他卻告訴我：沒有那樣的東西。我遂明白，有些錯誤是無法修補的。

小時候身上佩戴著玻璃製的護身符，從不離身，其上刻畫著神明的法相。某次在遊戲追逐中，我不小心將它掉落在地，護身符裂為兩半。我拾起碎片，將祂捧在手心，怔忪地蹲踞在牆緣，並且陷入長久的沉默，因為意識到傷害了保佑自己的護符。它是易碎品，無論如何拼合黏補，裂縫永遠存在。

某日，我在沙發縫裡，發現一本不見已久的書。那裡像是時光陷落的罅隙，真空的房間。掉進其中之物，被完好無缺地密封起來，得以維持不變。在那之後，我懂得將重要的物品予以保護，於是將喜愛的錄音帶裝入盒子，並用透明膠帶封存起來，也將寶貴的玩物放在背包，隨身攜帶著，彷彿一有災難，就可以隨時逃亡。

長大以後，沒有歷經過任何逃亡的我，在家中通往頂樓的樓梯間，發現那只塵封童年物品的背包。看見裡面那被膠帶纏繞的錄音帶盒，我才忽然明白，自從將它封印的那一刻開始，就再也無法拆開它了。

背包裡面，還有一項不完全能被歸類為玩具的物品。有一年，同學帶來一只魔術方塊。他教我如何逐次轉動，按照圖形套用公式，便能將六面完整地還原。有段時間，我會在上課時，偷偷地在抽屜轉動著魔術方塊。完成以後，課堂也正好結束。

同學將那只魔術方塊贈送給我，我將它收進背包，就此遺忘了它。如今當我想解開零亂的圖形，卻發現自己僅記得如何轉好其中一面而已。我不斷回想與嘗試時，它突然地應聲碎裂，散落到地面。時間過得太久了，它從內部解離頹壞，而我再不能將它拼湊起來。

●

求學過程，分別就讀三間位於不同鄉鎮的學校。沒有人結伴，獨自去到陌生的校園。每每如此，命運總是難以違抗。至今還時常夢見，再度被分班，進入一個新的班級，沒有任何認識的人。在那裡，我依舊無所適從，在桌子下方摺著衣角。報數的時候，只有我不敢喊出聲，因而被遺漏了。

有一年的班級派對，我是唯一沒有戴聖誕帽的人，於是在團體中顯得十分突兀。同學在黑板上畫著圖像，讓臺下的組員猜出答案。我沒有參與這項遊戲，而留在自己的座位上，讓左手和右手相互比試。雖然慣用的是右手，但我卻讓左手贏得勝利。老師見狀，沒有生氣，而是微笑問我：「你很無聊嗎？」

確實無聊。午休時趴在木桌上，努力緊閉雙眼，卻難以成眠。我一邊換著姿勢，一邊幻想著，有沒有那麼一天，教室裡的所有人，在午休期間，都依約地睡著了。老師忽然走到我身旁，對著我說：「你一直都在裝睡。」我想問她，裝睡的人有什麼錯誤呢，也許所有的人都在裝睡。

不只裝睡，還要裝假。升旗之日，導護老師點名我回答他昨日放學交代的事項，我不記得，在眾目睽睽之下，隔著整個操場的距離，大聲呼喊：「我昨天不在放學隊伍中。」但我其實一直在那支隊伍中，只是習慣發呆，聽到的話語都像是發散的模糊聲音。那日早晨，我欺騙了全校師生。

還有一次，我謊騙老師自己不在班上吃午餐，要直接回家，卻偷偷溜到校園角落，躲在水塔後方寫著功課。原來是安靜的時光，卻在被一名不認識的同學發現後，許多人陸續過來圍觀。圍觀一名逃學的孩童，而那名孩童還本分地寫著功課。我沒有理會他們，他們也就無趣地各自散去。

●

中學的第一堂數學課，是關於負數的概念，班上多數的同學已經學過。印象中，我花費大量的時間，釐清何謂負數，以及為什麼負數可以減去負數。老師講解題目後，總會詢問著我們：聽懂的人舉手。我總是在人群中舉手，然後默默地將那一頁摺角，回家以後，再無數次地重新練習。往後數年，我經常在夜晚夢見自己正演算著無法解開的題目。

同樣難解的，是理化課關於質量的公式。老師給出一道命題，要求所有人起立當場作答，通過測試的人才能坐下。身旁的同學逐一算出正確答案，唯有我無法理解如何將數值代入選項。這個世界的詞與物，是能夠輕易代換的嗎。課堂到了最後，只剩下我還站著，等候隔日補考。

同一時間，我進入一個管樂團。在演奏過程中，我經常忽略譜上的升降記號，拙劣地失誤，讓和諧的樂章出現不和諧的樂音。我有一種錯覺，那尖銳地像是物體碎裂的聲音。在某個出神的時刻，一整節由我負責的段落都沒有吹奏，指揮用詫異的眼神看著我。那時，有個地方彷彿破了一個洞，內裡有著什麼不斷逸離，終至空蕩。

不知為何，表演經常因我而毀壞。表演藝術的課堂上，老師為我們編排了舞蹈，期末考試的內容，便是完整地跳出整支舞。我隨著音樂，獨身跳著，身體的動作慢慢失去了節奏。老師忽然將音樂停下，教室陷入可怕的沉默。她在眾人的注視下，注視著我，而我不知道該注視哪裡。明明是誤事的我，卻好像變成了一個旁觀者。

有許多年的時間，明明疲倦不堪，卻經常失眠，夜晚聽著音樂才能漸漸入睡。清醒過來後，在已循環多次的音樂中，開始回憶夢境。對於精神分析理論來說，作夢是一種寫作，它並非虛構，而是自我潛意識的顯影。我夢見不會寫的考卷，夢見不知置身何處，夢見自己原來無法飛翔。日有所思，夜有所夢，現實中易碎的物事，夢中又會再碎裂一次。

然而我亦明白，碎裂與受傷終究無可避免，我們所能做的，只是帶著這些傷口活下去，並且時時在傷口上吹氣，讓它不那麼疼痛。

詩謎

我在那所學校待了九年的時間。校地廣大，但就讀的學童卻很少。年復一年，一代一代地，村民慢慢遷徙出去。

幼稚園教室旁是一塊空地。有時候我會在地面上寫字，寫的是自己的名字。回到教室之前，就用鞋子將字跡抹平。

當時有一名愛哭的女同學，總是吵著要回家。老師為她聯絡家長，她於是站在那塊空地上，等候家人前來接送。我從窗戶看著她，她已不哭鬧，而非常平靜地望著遠方。幾年以後，我們都已經成為中年級的學生，分屬不同班級，我依然經常看到她在上課時間，站在那塊空地。就好像她一直站在那裡，想要回家。

某個早晨，同學紛紛跑向操場參加升旗。我正要離開教室時，一名老爺爺走了進來，告訴我說，他的孫子轉學到這所學校，就讀我們的班級。由於非常怕生的緣故，因此請託我好好照顧。他四處張望，一時不見孩子的身影。我陪同老爺爺一起尋找，終於看見那個孩子，正攀在動物的造像上方，不肯下來。

老師將那個孩子安排坐在我身邊。雖然他與我同齡，但因為身材矮小，看起來比我小了許多。他說，他叫做N。N認得的字很少，老師於是要我教他識字。每天下課，他都在座位上，靜靜地抄寫著我的作業。他的字很大，幾乎占滿整個方格。我記得，N從來沒有說過想回家。

那時校園裡的後山有鬧鬼的傳聞。老師們再三告誡，禁止接近後山，遂沒有學生再敢走向那裡。然而，午休時間，我會偷偷前往後山，從入口處朝裡面望去。那裡只有樹叢和雜草，再無其他。某次N發現我的行蹤，於是跟著我一起到後山。我拿著樹枝，在入口處的沙土上畫了一個八卦。N默默地學著我，在地面上畫著有些歪斜的八卦。

自習課的時候，我們會到圖書館。我習慣坐在書櫃旁的地板，讀著喜歡的故事書。我將對於書的感想，寫成讀書心得。N則是將我書寫的內容，謄寫到他的簿子上，就連圖也畫得跟我一樣。我寫了幾份作業，他便抄寫了幾份。但我忘記了，N會挑選什麼樣的圖書來看。

某日，我問他，是從什麼地方來的。他說，自己是從城市來的。我繼續追問，為什麼要轉學。他告訴我，爸爸和媽媽吵架了，媽媽跑到外頭淋雨。N只說到這裡就停止了，我對他的了解也只到這裡。

在國語課上，老師讓我們寫作新詩。整整一堂課的時間，N都只拿著鉛筆盒發呆，什麼也沒有寫出來。於是，在所有人外出的體育課，我陪同他在空蕩的教室一起創作。我以雲朵作為題目，然後嘗試引導他，說出對雲的想像。然而他幾乎回答不出來，只能逐行抄下我的想法。當他寫到末段，我問他：看到雲朵，你會想要做什麼呢？他終於開口說：「我想到那朵雲上躺著，躲在雲之中。」他為他的新詩寫下結尾，我們共同完成了一首詩。

N很少表露情緒，我甚至不知道他過得快不快樂。我懷疑那首詩對N來說，或許是一道謎題而已。那份詩作最後沒有被發還。

有一天，N的媽媽來到學校。她知道我平時陪伴著N，為了對我表示感謝，於是將一條有著精油瓶的項鍊送給我。她說，有時間的話，想要撥打電話到我家。或許是因為想起N說的雨中故事，無法承受那樣的沉重，我給了她錯誤的號碼。然而，很長一段時間，我都將項鍊帶在身上，直到瓶中的精油消失。

升上高年級後，我和N被分到不同的班級。不用再照顧他，讓我感到輕鬆許多。他經常來班上找我，我都斥喝他離開。多麼想要告訴他，他必須擁有自己的人生。是從別人口中轉述，才知道他覺得我變得十分奇怪。我到他的班級門口，等候著他，並且向他道歉。那是我第一次向他道歉，也是最後一次。

在那之後，我們很少說話了，直至畢業。典禮結束後，畢業生們一起走出校門口，這一支隊伍就要從鄉村離去，去到不同的地方。遠遠望去，N看起來，和我第一次見到他的樣子相同，好像沒有長大。而我們來不及說再見地各自散開了。

往後的日子，我再沒有見過N，也再沒有寫過詩。

多年過去，我回到校園的後山，那時我才發現，山坡後方有一座紅磚砌成的平房。或許對它而言，山坡不是鬧鬼的地方，而是提供庇護的防風林。雲的影子投映在空地上，然後慢慢地遠去。當年我們在沙土上所畫下的八卦圖像，早已被風吹散了，而那畢竟只是童年的幻想而已。

界域

中學的自然課上，老師要我們依照座位出列，到講臺前背誦物與鏡與像的關係，以作為測驗。我和R正好在同一時間站到臺前。由於留意到老師並沒有認真聆聽，於是我們便重複地念著同樣的句子。物在這裡，像在那裡，焦距內外，無窮遠處。念完以後就一同回到座位。

我並不真正理解那些光影的折射如何發生，如今還有印象的只有折射之後實像虛像的結果。

多年過去了，R與我始終保持著聯繫。某日我在睡眠時，R打來了一通電話。收訊極差，我告訴他，我會回撥過去。然而，R仍自顧自地，說著相同的話。後來我才發現，網路僅截取了他的第一句話，並且不斷重述著它。

他說：「我要過去找你。」

R沒有告知抵達的時間，我於是在捷運站口外徘徊，等候著他的到來。夜晚九點鐘，街上的行人晃蕩，他們走進站口，或者走出站口。

向R撥出電話，他卻沒有接聽。

我騎乘腳踏車，經過許多已熄燈的窗口，來到城市邊界的堤防。尋找到隱密的入口後，我穿越堤防，像是穿越了某個界域。

堤坊的後方有著一條河流。河濱旁的路燈是唯一的光亮，指示出一條通往某處的路途。零星的行人在這裡散步，彼此互不相識，因而有種寂寞的感覺。

由於燈光過於微弱的緣故，無法看見河水流動的方向。所有風景無止盡地重複著自己，遠方被推延得更遠。

給R發了一封文字訊息。

到達一座橋之後，我決定循著原路而回。奇怪的是，竟找不到回去的路線。我查閱路旁的地圖，意外地發現我並不在任何一條路徑上。

我身旁再也沒有任何人，他們都散步到他方了，只有我還在感傷的行旅上失路。

有隻跛腳的黑色小狗出現在路上，然後跑向我的後方，我將腳踏車轉向，慢慢跟著牠前進。只是一瞬間而已，牠在我眼前消失蹤影。而我竟找到原本的路，得以歸返。

我從原本的入口穿越堤防，回到城市。夜晚十一點，街上的行人依然晃蕩，他們走向左邊，或者走向右邊。

那時，R忽然打來電話，說他無法來找我了。我說沒關係。後來儘管我們相約數次，快樂地交談著，但我依然覺得，那日的R還延滯在那個時空裡，沒有抵達我所在的位置，又或者，是我從原來的位置，被折射到了遠方。

未及

你曾經聽聞一種說法：在夜晚出生的孩子，在他們的一生之中，是無法睡足的，因為他們永遠欠缺了一場安穩的夢。無論這樣的論點是否具有根據，它可以落定在你的身上，並且延伸出許多的症候群，譬如夜晚意識清晰，白日卻充滿睡意，生理時鐘顛倒錯亂。

而你常常有這種感覺：在你到達某個地方，甚至置身其中許久之後，仍然覺得自己沒有進入那個空間，眼前的一切飄忽，像凝望水面之下的世界，所見的物象不甚真切，讓你感到抽離。更準確地來說，恍若身體抵達那個地方，意識卻停滯在遠處，來不及追趕上你。

你曾在宿舍走廊中，走入錯誤的房門，那些並非室友的人沒有留意到你，數秒之後你才察覺自己不屬於那裡，於是快步逃出，假裝事情未曾發生。

某個夜晚，你騎著腳踏車在街道上前行。由於沒有意識到紅燈亮起，依然故我地穿越馬路，疾駛的機車忽然撞上你的車體。從恍惚中回神後，你發現腳踏車躺在遠處，你卻安然站立著，連一點傷都沒有。騎士對你數落一番，你低著頭並不言語。最後他留下一句抒情的話以後，就逕自離去。你牽起腳踏車，繼續往前騎著。

人們總要在事過境遷後，才能總結災難的意義。他那句「你自己保重」，我想指的是：好好活著。

如果是平常的日子，時間到了，陽光便會斜斜地穿過百葉窗進來。但那日陽光尚未照臨至你身上，雨聲就讓你清醒過來。你不斷翻來覆去，卻無法再次入睡。幾個小時前，你熬夜至清晨後，才悄悄走進宿舍浴室，發現隔壁傳來水聲，你疑惑地想：這時竟還有人不睡。

前日的溫度還是合適的，然而當日的天空灰暗，光線在經過雲層後稀薄許多，影子變得很淡。冷鋒面來到城市，氣溫忽然降低，潮濕的氣味飄散，你起身更衣，衣物必須是單調的黑色，不能有絲毫雜染。

這跟天氣或者心情無關，跟告別比較有關。

那日你將和M一起參與H的父親的喪禮。

你們相約於文學研究所，一碰面後就立即出發。宗教與民俗是你們的共同愛好，M在路邊摘取樹葉，你接過之後便放入口袋，彼此會意。沿著路途直行，在短短十分鐘內，抵達城市邊境的殯儀館。你才驚覺，這個關於送行的地方，竟與你們如此相近。

無數靈堂在每個角落各自舉行儀式，也許是第一天，或許是最後一天。M說，這種景象在鄉下並不常見。

H只告知位置在助念室，你們望去卻一無所獲，便直接詢問他人。那人伸出手，指向建築物後方的小門。你們進入門後，通過穿堂與走廊。M提醒你直視前方，你卻好奇地往門內看，裡頭放置著棺材。

恍如走失在迷宮裡，依然無法找到確切地點，只好離開建築物。一具棺材在法師帶領下，從你們甫經過的路徑推出來，你和M不約而同地轉身迴避。

再次詢問才找到助念室，空間極小，位在殯儀館的最邊緣處，一旁緊鄰著山丘，荒蕪的感受倏忽圍攏過來。H穿著黑色的馬褂，跪在裡面。他那雙印著星星圖案的帆布鞋，感覺十分不合時宜。

你忽然發覺，自己和M的鞋子皆已被雨水浸濕，水漬不斷漫漶開來。空氣滯悶，雨又飄落下來，你撐著M那把淺藍色的傘，和他站在靈堂之外，那顏色使你們有些許突兀。

司儀呼喚你們，以H朋友的身分進入助念室。你們逐次舉起香、杯水、花籃祭拜，迅速地結束儀式。H站在一旁望著，你沒有和他說話，點頭示意便和M匆匆離去，與下一組祭拜者擦肩而過。

你們沿著原路歸返，走回文學研究所。一路上M一直嘆氣，卻不忘提醒你將樹葉扔去。你終於鬆了一口氣，因為沒有預料到會遇見這麼多死亡。

你對M說：我感覺到恐懼。

多讀書吧，M這麼說。你說好。

你陪M走到公車站，M交代你趕緊回去洗澡後，就搭上公車離去。你茫然地走進校園，在幾處人多的地方晃著，卻只想躺回床上，好好睡上一陣子，以撫平見證死亡的空虛。回到宿舍後，你拿取一套衣物，走進浴室。雖是白日，那裡卻是暗的，並且空無一人。你打開電燈，怔忡地想：這時竟只有我醒著。

你並不知曉自己睡著多久，彷彿一閉上眼，鬧鐘便響起了。你迅速地按下停止鍵，清醒過來，拎起書包後，急忙趕往教室。你看見M站在前方，忽然懷疑：幾個小時之前，那場喪禮，是否真實存在，或者那僅是一場被你幻想出來，帶有無數隱喻性質的夢境。隨著困惑加深，你甚至想走上前詢問M：「請問我們有一起靠近死亡嗎？」然你終究沒有和M說任何話，整堂課你沉默不語，鐘響後便又急忙走出教室。

那個夜晚，你趴在書桌上睡著了。突然手機響起，驚醒之際你接起電話，聽聞通話者不停對你說話，你卻無法發出任何聲音，只好不斷在心裡吶喊。而那原來只是一場夢，你真的趴在書桌上睡去，夢境複製現實的場景。手機還依舊響著，在桌面上不斷震顫，破碎寂靜的空氣。清醒的你，連忙接起電話，並說對不起，我剛才還沒醒過來。

蟄居

幼時的我，經常從村裡的草叢或水渠中，抓取不同生物，置放於小型的水族箱中，每日觀察，並且在圖鑑上比對牠們的樣貌。水族箱本是拿來養魚的，魚死了之後，裡面換過各種生物。許多年後，我對這些昆蟲和爬行動物，漸漸失去興趣，於是丟棄了水族箱。然而，在往後的人生，我依然不斷遇見牠們。

之一

老家是地圖上尋索不到的地方，地址沒有任何街與道的名稱。某日接起電話，陌生的聲音說，他要送來一幅我的書法作品。那是一件參賽得獎的作品，慎重地被裱褙起來，並且予以歸還。快遞找不到老家的位置，我因此指示他到達村落的廟宇，再帶領他回到家中。

那幅書法作品被擺放在房間角落，逐漸地蓋上了厚厚的灰塵。潮濕的房間，彷彿會把一切物事洗去。書法作品的墨跡褪色，原來薄而透光的宣紙被蠹蟲啃食，一個洞一個洞，散布在字裡行間。我擔憂牠們會繼續吞噬這些墨字，於是每次用紙巾擦拭作品上灰塵的同時，總會仔細檢查是否有穴居其中的蟲豸。將牠們驅趕，才能保護那些字。

之二

阿嬤在曬衣服時，被躲在暗處的毒蛇咬傷，立即送往醫院急救，注射血清後，才漸漸恢復意識。我看見醫生將透明袋子中的毒蛇，放在燈下檢視，牠還緩緩蠕動著。那時我才想著，我們的住家附近，究竟蟄伏著多少的蛇類。

三合院旁有一大片草叢，還有一面破落的牆壁，經年累月都未曾崩塌，枯枝從縫隙裡生長了出來，譬若遺世的界碑。但在荒墟之中，它卻無法阻止爬蟲行經。父親在魚池旁布下網子，幾天以後，果真又抓住了一條蛇。

之三

國小的時候，因為課程需要，育養了幾隻蠶，觀察牠們如何由生到死。當時其中一項作業，是將幼蠶不同時期所蛻下的皮，用透明膠帶貼在作業本上。而其實我只是把看見的皮層撿拾起來，悉數黏貼，以填滿空格而已，根本不知時間的順序。

盒中的蠶，有的成功結繭，有的半途夭折。有一隻遲遲沒有破繭而出，我於是用剪刀割開，發現蛾的屍骸，死於自己編織的蠶室。後來那本收集遺骸的簿子，早在學期結束後，被扔進了回收區。而我已無法想起，那些曾經每日跟隨自己上下學的蠶，後來都去了哪裡。

一年後，隔壁班的同學帶來數以百計的幼蠶，表明自己不想再養了，要將牠們送給我。我將那盒幼蠶擱置在家裡的角落後，就遺忘了牠們的存在。夜晚就寢時，我沿著樓梯向上，忽然驚覺，牆壁上有一條迹線，緩緩移動著。那是成群結隊的螞蟻，搬運著幼蠶，不知將通往何處。

為時已晚，無數的螞蟻已經包圍了牠們。我立即拾起那一盒幼蠶，快步向外，丟進住家附近的大量垃圾箱。我明白自己傷害了一大群的生命，牠們來不及長大，就已難逃一死。

之四

雨季讀書，頁面經常有螞蟻爬著，牠們在文字間穿行，零零星星，干擾閱讀的視線，並且將我的身體咬痛。地面與桌面之上，擺放無效的藥物。螞蟻依然日夜行走，爬在書堆之間，消失又出現，出現又消失。

螞蟻總是從脫落的紗窗爬進室內。我循著螞蟻隊伍移動的路線，找到位在外側牆壁縫隙中的巢穴。我在各處的裂痕上，貼上了長條的布膠帶。然而，這無礙牠們的出入。反而是這些褐色的膠帶，像是在縫補一棟老朽的屋子。後來，我沿著三合院周圍，噴灑精油，像是為這戶老宅，畫下結界。

之五

浴室的洗手臺突然地堵塞，甚至被結織了細白的絲線網，一隻蜘蛛在網罟上棲息著。我拿起蓮蓬頭，用熱水沖刷，那張網輕易地被破散，蜘蛛的身體萎縮，一併隨著水的漩渦而流去。

然而，洗手臺並沒有因此恢復正常，水流速度依然緩慢，總在水將流盡之時，排水孔傳來奇怪的聲響。我因而懷疑，水管裡面住著蜘蛛。牠結了一個強大的網，足以抵擋潮水的侵襲。

之六

整理老家的房間時，發現日曆紙底下，躲藏著白蟻。牠們厭惡日照燈的光亮，開始四處蠕動。我們合力將家具搬移到庭院，讓這些受潮的物什接受日曬。在長年不用的木櫃抽屜裡，發現了童年舊物，卡通錄影帶上，沾滿白蟻爬行過所留下的土漬。

午後陽光，不久就被烏雲陰蔽，終至下起了一場陣雨。

父親在空蕩的房間，布置水煙式的藥劑，讓煙霧在密閉的暗室裡薰染。幾天過後，地面滿是白蟻的屍體。父親將牠們清除，並開始修補被牠們啃壞的木質地面。有一天，我在房子的牆緣發現土痕，用指甲輕輕撥開，白蟻再度曝現了蹤跡。原來這些無事的日子，只是間冰期而已，牠們的巢穴依然還藏匿在某個角落。

阿公曾經叮嚀我們，這座三合院位處風水穴之上，一定要好好守護。我於是畫了一道符，墊在地毯之下。

牠們真的就此消失了。

之七

在長久的夢裡，村裡出現殭屍，它不吸血，而是在人沒有察覺的時刻，將他變成一具白骨。

老家三合院旁，是另一座三合院，大堂伯主持的宮廟。我從道壇向上帝公借取法器與令旗，在接近黃昏時，偕同林正英和陳友，藏身在屋內，從門縫中注視外邊，等待殭屍的到來。

聽見聲音，卻未見蹤影。我們依循羅盤的指示，在闃黑的空屋裡發現了它。它忽然地散為千百隻白蟻，從原先布下的羅網縫隙逃了出去。我們追至田裡，在一片枯黃的野草之間，與它搏打與鬥法。最終，我放了一把火，在夕陽落下的時刻，將它燒盡。

我想起電影《殭屍》裡的道士所說，這個年代，沒有殭屍了。

之八

論文口試前幾日，住處的書櫃裡出現了白蟻。用手機照明，向內面望去，木質書櫃的表層已經脫落，彷彿斑駁的牆面。裡頭陳列著的書，表面上完好，內裡卻不知是否遭受侵蝕。

撥打電話求助，另一端的人說：「現在要做的事，就是不要做任何事。」什麼事情都無法做，只能等待入睡。然而，一旦閉上眼睛，便會浮現布滿土漬的畫面，白蟻嚙咬的聲音。

我於是起身讀書，以為在暗夜裡開著桌燈，可以延緩牠們的行動。

隔日滅蟲人員移開書櫃，發現牠們是從木質地板潛入的。他衡量了距離，在地板鑽孔，將藥水灌注進去。需等待一個半月的時間，牠們才會在蟲洞裡毒發身亡。

來日方久，夜長夢多。

約定的時間到達以後，我將書本從書櫃中移出，無數白蟻萎縮死亡，與泛黃的書頁糾纏在一起。原來，牠們已經嚙咬了那些紙與字。壞毀的書籍，遭逢劫滅，終至成為廢紙堆。

我詢問回收人員，是否可以收走破損的書櫃。他告訴我，晚上十二點，將書櫃放在路口。

我遵照他的指示，趁著夜半無人的時候，悄聲搬著書櫃，將它置於十字路的街角。

清晨出門，從遠處觀看，書櫃已經不見了。

我買來新的書櫃組裝，擺放於同樣的位置。

白蟻理應集體覆滅，巢穴成葬地，自己為自己守墓。我倖存在無數的蟲屍之上，與牠們共處一室。然而，這會不會只是個薛丁格的箱子。我其實無從得知，白蟻處於生或死的哪一端。

於是我只能逐日逐月地，透過燈光，看著書櫃之內的縫隙，守護這些書籍的餘生。

之九

明明緊閉著窗戶，有隻金龜子卻不知如何飛進房間。牠撞上天花板的燈泡後，掉進了疊在地面的書堆之中。我將所有的書本搬開，卻還是沒有見到牠的蹤影。

後來，在靜謐的房間，傳來細碎的聲響，我發現牠在書櫃與牆壁的狹小隙縫裡，奮力爬行而上，然後又掉落，不斷地重複著。因為翅膀受傷，牠已無法飛翔。我以手機的燈光為牠照明，但是某次摔落後，牠沒有再移動了。

隔日，我在書桌的紙張上發現了牠，牠正棲息於文字之間。究竟經歷了幾次墜落，牠才終於離開那座深淵呢。我將牠裝進杯子，穿越層疊的書堆，離開潮濕的房間，護送牠回到寬廣的世界。

翼跡

冬夜裡，陪同老作家走到車站的路途中，我們聊起寫作。

他忽然問我，從小到大，內心是否恐懼著什麼。我說，是鳥。

他又問：你曾經有什麼創傷嗎？我說，也許是見過鳥的骸骨。

自有記憶以來，我就非常懼怕鳥類。若是課本裡印有鳥類的圖片，我會剪下一張紙，將它遮擋起來，以避免無意間觸碰到它。

在國小的自然教室裡，有著一隻老鷹的標本。牠並沒有被保護在玻璃櫃裡，而是被置放在黑板旁的木桌上。有一名同學知道我害怕鳥，每次上課總會惡作劇地將這具屍骸放在我的椅子上。某次，他抓起整個標本，朝我追來。我跑出教室，逃到校園的角落，遠遠看到只剩空殼的老鷹，翅膀漸漸鬆落，最終身首異處。後來牠就消失了，不知道被送到什麼地方。

麻雀總是用盡各種方法，想要闖進家屋之中。曬衣間外是農田，更遠的地方，依然是農田。稻草人無用地佇立在田間，隨著吹過的風而晃動。麻雀從破裂的管線進入曬衣間，在裡頭飛動或歇息，滑過懸掛的衣服。

趁著家人開門的間隙，麻雀竟攜帶著牠的幼雛飛進屋室裡。牠將孩子放在一旁，並且在屋內順時針地飛旋。或許牠是想教導孩子，將來要如何飛翔。然而，牠後來並沒有帶走幼雛，而是將牠們留在原處，逕自飛離。那段過程，我始終躲在牆角，不敢妄動，憂懼著牠向我襲來。

後來我發現，麻雀是將整座屋子，當作巨大的鳥巢。書房的窗戶外面，為了防止雨水滲入，另外設置一道窗，麻雀就在紗窗與百葉窗之間，悄悄地築巢。某夜讀書，正想打開窗戶通風，一隻倚靠在窗邊的麻雀，受到我的驚嚇，張開羽翼，旋即飛進黑夜裡。

我明白，牠不久之後，又會再度回到那裡。

童年的某個午後，我在老家客廳裡看著電影，一名熟識的長輩進門，忽然將一隻麻雀放在我的肩膀上，我連忙伸手推開，牠便掉落在地上。親戚小孩們扮演起醫護人員，將牠捧在手掌悉心照護。我只敢在一旁觀望著。然而，牠最終宣告不治。其實我知道，牠在落地的瞬間，就已經結束了生命。

他們將麻雀埋葬在土裡之後，便四散而去。阿嬤聽聞，要我陪她去找出那隻麻雀。我躲在阿嬤身後，見她徒手掘開那座小小的冢墓，麻雀的屍體立時出土。阿嬤念著阿彌陀佛，並將牠拋到屋頂上。

多年以後，房間落地窗外的陽臺，有一具鳥屍，翅膀攤開著。死前的一刻，牠還是在飛翔的。牠是想要穿越透明玻璃窗嗎。我不敢打開窗，連日隔著玻璃看牠。鳥屍漸漸腐爛，羽翼褪色，肉身乾裂，骨骼清楚地浮現出來，譬若一個支離的象形字。下雨的時候，陽臺淹起了水，鳥屍浸泡在淺淺的水灘裡，十分痛苦的樣子。

在我理解亡逝的意義以前，卻過早地撞見了屍骸。

淺眠的某個晚上，我被一陣規律的聲響驚醒。在模糊的意識裡，我辨認出那是拍動翅膀的聲音。我睜開眼，看見一隻麻雀在房間上空來回盤旋。牠的鬼魂終於穿越玻璃窗了。我立刻起身，逃離房間。隔日，牠竟消失了蹤影。

●

大學校園中本就有許多不怕人的麻雀，而雨天時，牠們經常會飛進教室，並且在桌椅之下穿行。我無法專心聽講，只能緊抱書包，注意著牠們是否逐漸靠近我的座位。牠不帶有惡意，只是需要一個地方來躲雨。

而我也想要有一個地方來躲避牠們。

在前往研究所的路上，看見一具被車輾壓過的鳥屍。我閉上眼睛走著，告訴自己，再也不要經過這個地方。但是往後的我，又總是無意識地，走上同一條路徑。鳥屍已經被移走了，但牠那雙翅膀的一部分，竟還在原處，彷彿是被印上的圖騰。

於是懂得，我們所行之路，皆無法避免物事之死亡。

●

幾年前，村裡的廟宇舉行祭祀活動，神明應允，阿公與阿嬤成為爐主。阿嬤雖然雙腳受傷，卻仍堅持每日早晚前往廟裡祭拜。有一天，我扶著她前去上香。廟門前的階梯，倒臥一具麻雀，看起來是安息的模樣。

我們進入廟裡，阿嬤雙手合十，我彎下身軀，持香向虎爺祭拜。斑敗的木桌底下，飛出幾隻幼鳥，撞上我的腳，我於是回身閃躲，看著牠們在地面輕盈跳躍。牠們在廟裡築巢，人們在廟裡點香。

我還是十分害怕牠們，但總算明白，在這方塵世裡，我們都是修行者。

後記

筆渡

抒情，在我們的時代，還有可能，還有必要嗎？抒情，無論它的範疇是什麼，大毀壞大失敗之後還能持續有效，勢必不得不涉及人的再生和重建。

——李渝

已是二十一世紀二〇年代的初始。

有人曾當眾對著我說：這個時代已經沒有文學，也就是說，你們根本就沒有用。

沒有用，都是無意義的。文學已死。一為文人，便無足觀。

縱使我如何辯解，也只是我的喃喃自語，多餘的話。

自那一刻起，我只是個無用的人，背負抒情的原罪。

我所剩下的，唯有讀書和寫字。

有意識地讀書和寫字，將近九年的時間。在習慣不眠的夜晚，或者偶爾過早醒來的清晨。努力地趨近那些賴以為生的譬喻，存有棲居的語言。

多年以前的網誌宣布停用後，我卻忘記將它備份。某日醒來，它已被移除，網址就此失效，無名小站成為了傷心小棧。我曾在網誌裡放入一首非常喜歡的歌曲，但後來的我，淡忘了它的旋律。

我只能試著，重寫那些遺失的文字，找回斷落的回憶，逝去的年月。

有的時候，我竟能夢到那首歌曲，就好像置身在曾經的網誌裡。我於是習慣將夢的片段記為幾個字句，再依此寫下故事。但也時常發生，經過幾日以後，看著凌亂的筆跡，卻遺忘了字句的因果與意義。

我想起，小時候曾在一座遊樂園中，發現抽取籤詩的機器。投入硬幣後，玻璃中的玩偶進入小廟裡，從中拿來一只籤，再投到洞口。我將其拾起。上面寫著：「失而復得」。那時，我剛丟失了隨身攜帶的筆記本，上面記錄著重要的文字。然而我卻遍尋不著，於是將籤詩揉爛，扔到一旁。

不久以後，我在待過的遊樂器材旁找到了筆記本。

但是長大以後，我還能夠找到它嗎？

記得小學時，每逢雨季，我常在午休醒著，聽著雨聲，幻想遙遠的未來。而現在的我，已經抵達那個未來了嗎？不確定的時間裡，沒寫完的文章，未讀完的書延滯著的生活。

居住的城市總是多雨，我時常撐起傘，穿過濃厚的雨霧，到達古老的文學院教室。窗外屋簷的雨滴，悄聲地落下。而長廊的雨傘，等待著晾乾。霧起霧散，我們學習徬徨與踟躕，然後懂得心事重重，人生艱難，時間憂鬱。

讀書的時候，我經常抄下幾段自己很喜歡的文字。在反覆諦視與默念之中，總能感受一種難言的疼痛，它們後遺地，通向無法止息的悲傷，像漲潮般，緩慢地淹過了孤島的涯岸。

無眠的夜晚，我就著桌燈看《神隱少女》。電影初始，千尋走進隧道裡，來到一個安靜的車站，水從杯中滴落，發出輕靈的聲音。還有什麼比那還要空靜呢。被生活壓抑而流不出的淚，就那樣落下了。

生命太多聚散，我們一往而深，小心翼翼，仍是無法避免傷害，帶著遺憾地過活。因而我們還需要文學，需要被啟悟與贖救的瞬間，需要本真與抒情的時刻。

我一直相信著，文學恍若黑暗中一瞬閃現的光亮。幽靜的光，無聲地降臨，啟引著我們，在生活的裂隙中，縫補時間，並將意義的碎片拼湊起來。

曾經夢到一個人對我說：「沒有任何一首詩能貼合你的人生，只有你才能將人生活成一首詩。」不斷尋路的我，始終在文的傳統中，時間的詩學裡，對著世界追問，他所說的話語之意涵。

詩人說過，與他人爭論是為辯，與自我爭論是為詩。

我於是寫字，練習文體，以尋索關於記憶與遺忘、失去與重拾的意義。

時光推移，死亡迫近，傷害加臨，生命發出難題。我們回首望去，想將消逝的一切看清。魔術，或者巫術般地召喚那些過去，譬若儀式。

我們在時光命題中，重新給予自己應答。

所謂意義，其實都在此時此刻，悄悄地完整了。

某日，在熄燈將睡前，用手機設定鬧鐘。由於黑暗中光線太過刺眼，於是瞇起眼看著螢幕，訂下將醒的時間。闔上眼後，眼前竟浮現一個行草字，之後旋即消失。我反覆地睜眼與閉眼，極盡所能，只為將線條結構看得明白。也許它本非文字，而是我慎重其事地，將人世間的光影都看成了文字。

這些文字，記載於時間的筆記本，夢的剪貼簿，無非都像畫符般，指物譬況，象徵表意。畫符於我，是對自身的注釋，關於生命銘刻的痕跡。

晴雨無常。不少次在雨中行走，我都踩進泥濘裡。而當我回頭看去，那些鞋印所連續的跡線，竟是如此清晰。我慢慢走著，抵達一個結束與開始並存的時間點。

隱約有夢，夢裡有路，或者無傷，或者荒涼，都是最靠近文學的時刻。

希望恍惚的日子裡，可以回想起夢境的片段；而凝神的瞬間，能夠辨識那些被寫下的文字。

九　歌　文　庫　1　3　3　5

畫符

國家圖書館出版品預行編目 (CIP) 資料

畫符 / 李秉樞 著 . -- 初版 . -- 臺北市 : 九歌 , 2020.09
面 ;　公分 . -- (九歌文庫 ; 1335)
ISBN　978-986-450-306-3 (平裝)
863.55　　109011100

作　　者——李秉樞
責任編輯——張晶惠
創 辦 人——蔡文甫
發 行 人——蔡澤玉
出　　版——九歌出版社有限公司
台北市 105 八德路 3 段 12 巷 57 弄 40 號
電話／02-25776564・傳真／02-25789205
郵政劃撥／0112295-1

九歌文學網　www.chiuko.com.tw

印　　刷——晨捷印製股份有限公司
法律顧問——龍躍天律師 ・ 蕭雄淋律師 ・ 董安丹律師
初　　版——2020 年 9 月
定　　價——280 元
書　　號——F1335
I S B N——978-986-450-306-3

本書榮獲 財團法人 國家文化藝術基金會 National Culture and Arts Foundation NCAF 創作補助